新選組剣客伝

森村誠一

時代小説文庫

角川春樹事務所

新選組剣客伝

森村誠一

時代小説文庫

角川春樹事務所

目次

新選組剣客伝

一　正装《フォーマル》の入隊

文久三年（一八六三）の或る日、会津藩士山口祐助《やまぐちゆうすけ》の息子一《はじめ》は、江戸の会津藩邸に呼び出された。

二十歳になったばかりの山口一が藩邸に呼ばれたのは、初めてである。

一は剣術に強く、江戸市中にある剣術道場を回り歩いて道場破りをしながら、毎日放埓《ほうらつ》な生活をしていた。

一の剣名（悪名）は江戸に知れ渡り、各道場が、一から「一手お手合わせを願いたい」と申し込まれただけで震え上がり、金一封を差し出して鄭重《ていちょう》に追い返すほどだった。

父祐助の前身は明石《あかし》藩の剣客ということであるが、定かではない。

父がどんな縁で会津藩に拾われたのかわからないが、一の剣名は会津家中に知れ渡っていたようである。

ともあれ、藩邸からの呼出しを受けて出邸すると、西郷頼母《さいごうたのも》、田中土佐《たなかとさ》、神保修理《じんぼしゅり》などの重臣が待っていた。

道場破りを重ねて度胸を鍛えたはずの一も、本来足下へも寄れない重臣たちに囲まれて身体《からだ》を縮めた。

「楽にいたせ。其方《そのほう》の名前は聞いておるぞ」

筆頭家老の西郷頼母が、平伏して堅くなっている一を労《ねぎら》うように言った。

「面《おもて》を上げよ」

田中土佐が促した。

言われるままに恐る恐る顔を上げた一に、

「なるほど。聞こえる通りの頼もしき面構《つらがま》えよな」

と神保修理が言った。

「其方、今日より会津藩預かりの身といたす」

西郷が言った。

会津藩士ではないが、準藩士として会津藩の家中に連なったことになる。

「畏れ入り奉ります」

一は、床に顔をこすりつけるようにして答えた。

父は一応会津藩士となっているが身分浅く、「預かりの身」は正規藩士なみの扱いで取り上げられることを意味している。

「早速、其方に申しつける」

神保修理が口調を改めた。

「其方、直ちに京へ上り、当家京都守護職の預かりの身となっている新選組に所属せよ」

「ははっ……新選組と仰せられますと、江戸の剣術道場『試衛館《しえいかん》』の者共が上京して形成した、京都守護職に附属する京都市中の治安維持の役にございますか」

「ほう、承知しておるではないか。京における当家預かりの新選組は、荒くれ者が揃《そろ》っておる。其方の剣をもって新選組を助け、暴走するに至れば統制せよ」

「ただいま御上《おかみ》（将軍）は上京中であり、新選組が警衛の任に当たっておるが、兵力が薄い。其方、新選組の戦力を補うと同時に、荒くれ者共の台頭を抑えよ」

「これより勘定方へ回り、路銀を受取り、その足で直ちに京へ出立せよ」

「其方、ただいまより、斎藤《さいとう》一と名乗れ」

西郷、田中、神保が次々に申し渡した。

「ははっ、畏れ入り奉ります。これより当家ご家中の士として粉骨砕身仕《つかまつ》ります」

床にこすりつけた頭を上げたときには、すでに三人の重臣は退去していた。預かりの身から家中の士として、自ら勝手に位を引き上げていた。

新選組に参加して荒くれ共を統制せよという命令は重いが、自分の人生にとって大きな機会《チャンス》であるような気がした。

一は江戸で、つまらぬことから喧嘩《けんか》して人を斬っている。そのときの手応えが未だに剣に残っている。

奉行所から追跡されている身であり、京都行は、まさに渡りに舟であった。

家中勘定方で、これまで手にしたことのない大枚の旅費を渡され、山口改め斎藤となった一は、まさに雲に乗った昇龍のような気分で江戸を後にした。

特に急ぐ旅ではなし、東海道を十二日かけて上京した一は、生まれて初めて見る都の洗練された風景や、スタイリッシュな住人たちの姿に驚いた。

だが、それは表面の光景であった。尊皇攘夷《じょうい》を振りまわす浪士や諸藩士、これを制圧しようとする京都所司代や守護職の闘争が市中至る所で発生し、早朝には市中に死体が転がっている。

文久二年、三年は、暗殺の年といわれるほど、幕府と尊攘派の浪士たちの葛藤が熾《し》烈《れつ》になっていた。

京に諸藩士、浪士が尊皇攘夷の旗を掲げて集合し、治安は極度に不安定であった。京の警察権を与えられていた京都所司代の手に負えず、幕府の命によって京都守護職が設けられ、都の治安維持に当たっていた。

千年の都は、その歴史と共に親幕派対尊攘派の葛藤の血腥《ちなまぐさ》い巷《ちまた》となっていた。斎藤一の着京と同時に、入れ替わるように将軍家茂《いえもち》は海路、帰府していた。血の臭いさえなければ、京は、お上りの一にとって、見るもの聞くもの触れ合うものなど、すべてが新鮮であった。

江戸出立のみぎり、重臣から、新選組を支援し、その暴走を抑えよという命を受けたが、着京後、一は、すぐには新選組の屯所を訪れなかった。

新選組の前身拠点、試衛館には、道場破りとして訪問したことがある。名乗り合った沖田《おきた》総司《そうじ》、永倉新八《ながくらしんぱち》などと試合をし、引分けとなった。さすがに江戸は広い、おんぼろ道場に自分と対等の剣客が揃っていることに驚いた。

試合の後、道場破りと門人の試合をじっと見つめていた、後で名前を知った土方歳三《ひじかたとしぞう》が、

「道場で強い者が実戦で強いとは限らぬ。だが、実戦で強い者は道場でも強い。お主、人を斬っているな」

と鋭い目を向けた。

一は答えなかった。答えれば、道場で真剣勝負をせよと言われそうな気がした。真剣でも敗けない自信はあったが、なぜか立ち合った二人の剣客に、親近感をおぼえてしまったのである。相手の二人も、一に友好的な視線を送った。

特に永倉には兄貴分のような親和性をおぼえた。兄弟のような親しさが先行して、申し合い（稽古）がじゃれ合っているように感じられたのも、出会う前から絆に結ばれているからであるようにおもえた。

二十歳にしてすでに人を斬った経験のある一は、試衛館の剣客たちと真剣で向かい合う自信があった。

今、重臣の命に従い直ちに新選組に加入すれば、折角上ってきた京での自由を失ってしまう。

新選組幹部は試衛館出身の、いずれも尋常ならざる剣客であり、沖田と名乗った同年の若者を除いては年上である。参加すれば、ようやく確保したばかりの勝手な身分を束縛される。

（慌てることはない。まず京の自由を楽しみ、ゆっくりと入隊すればよい）

と、一は悠然と構えていた。

それにしても、試衛館道場で土方が「道場で強い者が実戦で強いとは限らぬ。だが、実戦で強い者は道場でも強い」と言った言葉が、いまだに記憶に刻みつけられている。新選組の京における活躍はすでに耳に入っている。隊士全員が、それぞれの剣に血を塗っているようである。想像するだけで武者震いがした。

初めて人を斬ったときの刀の柄《つか》に伝わった感触が、全身に刻み込まれている。もう一度、あの感触と手応えを味わいたい。

犬や猫を斬っても、感触はあるであろうが、人間を斬ったときの感触に、一は生きている手応えをおぼえた。

もしかすると自分は、生きていくために人を斬りたがっているのではないのか。そのためにこそ新選組を追って来た。

そうおもったとき、彼は、斎藤一として新しい人生に挑むと決心した……いや、決心させられたのであろう。

京都ではおおむね西南諸藩から脱藩、あるいは藩命を受けて集まって来た尊攘急進派と、会津藩士以下、幕府寄りの諸藩士が、市中至る所で衝突し、血煙が舞った。

一方、山口改め斎藤一があとにしてきた江戸では、安政七年（一八六〇）三月三日、幕府御三家の一家水戸藩からの脱藩者（水戸浪士）十七名と、薩摩《さつま》藩士一名の十八士によって、大老井伊直弼《いいなおすけ》が桜田門外で討たれた後、薩摩藩主の父島津久光《しまづひさみつ》が千余の兵力を率いて京を経由して来府、市中で薩摩藩士が暴れまくり、騒然としていた。

島津久光が江戸へ下っている間、京都では、長州・土佐系の尊攘派が朝廷を牛耳っていた。以後、「天誅《てんちゅう》」（神の処罰）を勝手に旗幟《きし》にした尊攘浪士による暗殺が、連日のように血の雨を降りまいている。

だが、さすが千年の都だけあって、洗練された情緒がやわらかく血の雨を包んでいる。

衣・食・住以下の京風は、千年の間、洗練されている。江戸では、京から下る物資や文化が「下り物」と称されて江戸文化に影響をあたえ、江戸中心の産物や文化は「下らない物」とされていた。

一は、千年の文化に囲まれて、会津藩重臣から命じられた使命をほとんど忘れて、遊びまわっていた。

懐中はあたたかい。

島原や祇園《ぎおん》に連日のように通い、馴染《なじみ》の女もできた。ここは非軍事地帯であり、親幕派と尊攘派が顔を合わせても、ここだけは平和が維持されている。

その夜、島原で馴染の妓《こ》とたっぷり遊んだ後、一は爽やかな川風を浴びながら鴨川《かもがわ》に沿って上機嫌で歩いていた。

だが、四条大橋の近くで、刀剣を打ち合う音が風に乗って聞こえた。

いまの京では、べつに珍しくもない殺気を振りまく金属的な音であるが、常以上に濃厚な殺気が撒き散らされている。

好奇心に駆られた一は、土手を下り、殺気の源へ向かって足を急がせた。

暗殺年に相応《ふさわ》しく、五条大橋から四条大橋近くの河原にかけて、親幕派の要人や商人が相次いで梟首《きようしゆ》（首を晒《さら》される）されている。

五条と四条大橋中間の河原で、十数名の武士が乱闘している。彼我のどちらが暴徒かはわからなかったが、一方は圧倒的に多く、他方三、四名が必死に応戦している。

衆寡敵せず、防戦側は斬り立てられている。

このまま放置していれば防戦側は全滅するであろう。

これまで辛うじて持ちこたえられたのは、いずれもかなりの遣い手であったからであろう。

だが、それも時間の問題となっている。

斎藤一は、久しぶりに血が騒いだ。

江戸を発って以来、しばらく剣を振るっていない。

都文化に包まれて京の遊び女に精を抜かれ、鞘《さや》に納まったままの腰の刀が鞘走り、暴れたがっている。

「拙者、通りすがりの者でござるが、多数が寡数を取り囲むは卑怯《ひきよう》にござる。拙者、小勢に助太刀いたす」

と、一は朗々と声をあげた。

「おはんには関係なか。飛んで火に入る夏の虫、引っ込んでおれ」

多勢の指揮者格が、若い一をせせら笑った。

つづいて寡勢の隊長格が、

「我ら都の治安を護る者にござる。市中にて怪しき者共と出会い、引き立てる途上にござる。ご助勢のお申し入れ、ありがたくござるが、お手出しご無用」

と強がった。

約三倍の敵士に対して苦戦中であり、一人は満身創痍《そうい》となり、戦力をほとんど失っている。三士の隊長格が奮戦して、辛うじて劣勢を支えている。

隊長格は堂々たる体軀《たいく》、比叡山《ひえいざん》の僧兵のように髷《まげ》を切り、青々とした坊主頭に彼我の血飛沫《ちしぶき》を浴びて赤く染めている。

一よりも二～三年、年上のようであるが、一人能《よ》く十数名の敵と向かい合って怯《ひる》まず戦っている姿勢は、尋常ではない。

だが、衆寡敵せず、いまや戦力は二人に斬り減らされ、浪士団に圧迫されている。

治安を護る者と聞いて、一は久しぶりに真剣勝負の機会を得たとおもった。

「拙者、行きずりの者でござるが、助勢仕る」

と呼ばわりながら、多勢派の指揮者に間合を置かず、居合を使った。

多年の天下泰平に、腰の抜けた直参旗本らしき若造が笑わせるな、と見下していた真剣勝負に馴れている指揮者は、あっという間に間合をつめられ、抜く手も見せぬ一の居合抜きを浴びて、自らの血煙に包まれている。

彼我共に愕然《がくぜん》として立ちすくんだ。その間隙を縫って、一の必殺剣が渦のように回り、多数派はたちまち斬り崩された。

一の意外な助勢に、まだ戦力を残していた少数派の二人が、勢いを盛り返した。

一の助太刀を加えてもまだ寡数であったが、盛り返す勢いに乗った。

紅顔の弱冠（二十歳）の助勢を侮っていた多数派は、彼の凄《すさ》まじい剣勢に斬り立てられ、指揮者をその場に残したまま、蜘蛛《くも》の子を散らすように逃走した。

置き去られた多数派の指揮者に向かって、一は、

「手加減をして斬ってある。医者を呼べば生命《いのち》は助かる」

と呼びかけた。

お国言葉から、彼らが西南諸藩の尊攘派らしいことがわかった。

「ご助勢、かたじけない。夜間見廻り中、怪しげな浪人集団と出会い、所属藩、及び姓名を問うたところ、いきなり抜刀して、逃走しかけたところを阻止して、斬り合いとなってござる。我ら三人にて対応したところ、ご貴殿の助勢をたまわりながら取り逃がしてござる。きゃつら、意外に遣い手揃いで、少々手こずっており申した。お差し支えなくば、ご貴殿のご姓名を承りたい」

隊長格の男は、自らは名乗らず、斎藤一の名を問うた。

おそらく夜廻りをしていた新選組であろう。

「武士として当然のことをしたまででござる。名乗るほどの者ではござらぬ。御免仕る」

一は、いま名乗らずとも、新選組に加入すれば、おのずからわかることであり、自己紹介を急ぐことはないと判断した。

祇園近くにとった宿に帰り着くと、出迎えた帳場頭が言った。

「お客さま、ご無事で居《お》らはったか。お着物が血だらけにございます」

一は初めて全身に浴びた血飛沫に気づいた。

手加減をしたつもりが、勢いづきすぎたのかもしれない。

「いや、それほど深刻な喧嘩をしたわけではござらぬ。野犬の群に囲まれて咬《か》みつかれそうになった故、やむを得ず斬り払ったまでのことでござる」

「まずはお風呂にお入りなされ。着替えをご用意いたします」

帳場頭は、斎藤一がなにをしてきたか察知していながら、それ以上は入り込まない。

京都人の洗練されたもてなしは、旅人の私生活《プライバシー》には干渉しない。

これが江戸であれば、血痕《けっこん》の因《もと》を根掘り葉掘り聞くであろう。

翌日、宿で目を覚ました一は、潮時かとおもった。

京都名所はおおかた回り尽くして、遊廓《ゆうかく》での遊びも堪能した。まだ旅銀は懐中に充分残っているが、そろそろ退屈しかけている。

昨日の今日、しかも新選組隊士らしき者を助けての翌日とあって、絶好の機会《タイミング》であるとおもった。

久しぶりの剣戟《けんげき》に出会い、自分の腕が少しも衰えていないことを確認して、自信を持った。

斎藤一は、江戸出立の際、重臣の西郷頼母から、「幕府御用達の三河屋に立ち寄り、衣服を改めて行くように」と申し渡されていた。

その三河屋の京都支店に立ち寄り、新しい衣服を求めた。

一は、三河屋で下へも置かぬようなもてなしを店主から受けた。

「江戸の会津藩上屋敷から、斎藤様ご上京と承り、ご来店を首を長くしてお待ち申し上げておりました。どうぞ、ごゆるりとおくつろぎくださいまし。別邸に御宿泊のご用意もしてございます」

と店主は言った。

「おもてなし、恐縮の至りにございます。宿は市中にとってあります故、ご心配なく。本日は、道中、埃《ほこり》を吸い集めた衣服を改めるために立ち寄ってござる」

店主はなおさら恐縮して、すでに調えていた衣服を差し出した。京都随一の着付屋も待機していた。

今日でいえば、男が最も恰好《かっこう》よく見える衣服《フォーマル》、武士として唯一無二のスタイルが構築された。

だが、血の臭いは衣服に浸透して、一の身体に染みついているようである。

いまや修羅の巷の中核になっているような新選組屯所に最も相応しいフォーマルのような気がした。

斎藤一は、祇園に滞在中拾った猫を懐に抱いて、宿の主や多数の奉公人に見送られて、壬生《みぶ》にある新選組の屯所に向かった。

当時、新選組は会津藩の最強の戦力集団として台頭していた。

新選組がその威勢を示すまでは、諸国、特に西南諸藩から尊攘派の過激分子が京に集まり、尊皇の志士を僭称《せんしょう》して、帝の護衛役を勝手に気取り、夷狄《いてき》（異国人）を討ち払う神国日本の楯を自称していた。

彼らは尊皇攘夷の意味も知らぬまま、忠君愛国の志士を気どって、都を横行闊歩《かっぽ》しながら市中の商店に押し入り、御用金と称して寄金を強制した。

商店が渋ると、店頭にどっかりと腰を据えて、

「忠誠無比の帝の直属志士に寄金を渋るとは、何事。あくまでも我々、帝の直属である愛国の志士に寄金を拒むとあれば、貴様らは不忠不義の金儲《かねもう》け亡者として、この場で討ち果たす。覚悟せよ」

と高言して刀の柄に手をかける。

いかにも凶悪な面相の浪人たちが、金を出すまでは帰らぬと店頭にどっかりと腰を

下ろして、いまにも抜刀せんばかりの脅迫に震え上がった商人たちは、やむを得ず金を出した。

だが、金額が少ないと金を床に叩きつけて、実際に抜刀して剣先を突きつける。

新選組が会津藩預かりとなって市中見廻りを始めてから、遣い手揃いの隊士を集めた新選組の巡回に、自称勤皇浪士は新選組を避け、見廻り中に出会うと、こそこそ横丁や路地へ逃げ隠れた。

折しも政治の中心地は江戸から京に移り、帝から厚い信頼を受けている会津藩主松《まつ》平《だいら》容保《かたもり》が圧倒的な権力を握っていた。

そこへ江戸から上洛して来た浪士隊の一部、試衛館出身者を中心とした剣客十三名が、会津藩の強力な戦力となった。

江戸のおんぼろ道場「試衛館」に集まっていた近藤勇《こんどういさみ》、土方歳三以下剣客が、桜田門外（の変）以後、不穏になった京都の治安維持のために、江戸でごろごろしている浪人たちを掻《か》き集め、策士清河八郎《きよかわはちろう》を指揮者として上洛した。

髀肉之嘆《ひにくのたん》（退屈する）を洩らしていた試衛館の剣客たちは、いまや江戸を抑えて政治の中心地となった京の都で存分に暴れようと、幕府求人の浪士隊に参加したのだ。

だが、着京と同時に、清河が反旗を翻し、

「我らは幕府の家臣になったわけではない。我らは帝を守護し奉り、京の治安を維持し、夷狄を討ち払うために上洛した。ご一同、拙者と行動を共にして、大御心を安んじ奉ろうではないか」

と呼びかけた。大勢が清河の巧みな口舌に傾きかけたとき、近藤勇、芹沢鴨《せりざわかも》に率いられた二派十三名が立ち上がり、

「我らは幕府に召し出されて上洛した者である。折から、上様（将軍）上洛中、朝廷の仰せ出しあっても、我らは上様警護の御役目仕るために上洛したのではないのか。これを突然、天皇直属の神兵と言われても納得いたしかねる」

近藤の堂々たる反論に、沖田以下試衛館派、および芹沢以下水戸天狗党出身者五名が賛同した。

ここに、江戸から上洛した二百三十余名の浪士隊は分裂したのである。都の治安維持を担当した近藤らの剣客集団は「新選組」と名乗り、日毎に勢いを拡大している。

いまや新選組は、京に蝟集《いしゅう》した尊攘急進派の浪士たちにとっては、目の上のたんこぶのような存在になった。

薩・長・土以下尊攘寄りの諸藩も、帝の信任を得ている会津藩の圧倒的な権勢に、

膝を屈している。

その実施部隊にあたる新選組は、都の郊外壬生寺の近くにある累代の古民家、八木家と前川家にいた。清河率いる浪士団と袂《たもと》を分かった近藤、芹沢以下の十三人が、当座の宿所として押し込み、屯所としたのである。

まさに日が昇るような勢いに、腕に覚えのある若者たちが入隊を希望して、連日集まって来ている。

ここで近藤、土方、沖田、永倉の〝試験〟を受け、戦力となりそうな者だけが入隊を許された。

いずれも強い自信を持っていた若者たちの多くは、試衛館出身の剣客たちに、鼻っ柱を容赦なくへし折られて、すごすごと退散し、剣客の眼鏡に適ったものだけが入隊を許された。その倍率は二十数倍である。

斎藤一も入隊希望者の一人として、壬生屯所の門を潜《くぐ》った。

すでに入隊希望者の行列が長くつづいている。いずれも腕に自信のある若者たちの視線が、一寸の隙もない正装《フォーマル》に身を固めた一に集まった。

「あの野郎、恰好つけやがって」

「どうせ包み紙を剝ぎ取られて、赤裸で放りだされるぞ」

「そいつは見ものや、早く見たいもんやの」

「男の赤裸を見ても、どこが面白いんや」

「ひょっとすると、中身は女かもしれへんぞ」

「女の裸など、あとでゆっくりと見られるが」

「なんと猫を抱いちょる」

「女から猫に抱き代《か》えたか」

「まさに猫だましやな」

そんな嘲笑が一に集まった。

一は涼しい顔をして入隊試験の順番を待っていた。

その間にも鼻柱をへし折られた落選者が、逃げるように立ち去って行く。

ようやく、一の番がきた。

試験官を担当する剣客たちの視線が、一に集中した。

さすがの隊士たちも、一のフォーマルに驚いたようである。同時に、全士の反感を集めて、

「おそらく舞台で圧倒的に華やかな立ち廻りを演じて、天狗となって来たのであろう」

「天狗にしては鼻が低いぞ」

「鼻筋が通り、女たちの人気を独り占めしているのであろう」

「舞台の剣の切れ味がどの程度のものか、試してみようではないか」

「居ながらにして剣劇ごっこを楽しめる」

土方、沖田、永倉、井上《いのうえ》、原田《はらだ》などの幹部は見物するだけで、試験官は平隊士が務める。平隊士とはいえ、一騎当千の強者である。

木剣を持って余裕綽《しゃく》々《しゃく》と一と向かい合った試験官は、すでに何人も天狗共の鼻をへし折った余勢をもって、

「参れ」

と鼻先であしらうような声をかけた。

「御免仕ります」

試験官の言葉を鄭重に受け止めた一は、いとも無造作に間合をつめ、庭上にうずくまったように見えた。

電光石火の早業に「さすがは試験官」と見守っていた幹部たちは、次の瞬間、信じられぬ光景に愕然となった。

庭上にうずくまったのは、入隊希望者ではなく試験官の隊士である。入隊希望者に

油断していたわけではないが、試験官自身が意識する間もなく木刀を叩き落とされ、自力で動けなくなっている。

一は木刀を持つ手を後ろにまわし、

「失礼仕りました」

と、動けぬ試験官と、唖然《あぜん》として視線を集めている幹部たちに深々と頭を下げた。

幹部たちも目の錯覚ではないかと疑うような早業であった。

一拍の静寂の後、

「お主、試衛館で立ち合った道場破りではないか」

と、永倉新八が声をかけた。

「恐れ入りましてございます。新人の分際で非礼をも顧みず、お許し賜りませ」

と、一は平伏していた。

「非礼は我が方。お主が試衛館での申し合いの方と知れば、賓客としてお迎えいたしたものを、誠にご無礼仕った」

永倉新八が鄭重に詫びて、近藤、土方、芹沢鴨などが並ぶ前に案内した。

近藤たちも、錚々《そうそう》たる剣客たちが揃っていた試衛館へ道場破りに立ち寄り、引分けに別れた当時の山口一をおぼえていた。

芹沢派の者たちは、一と試衛館派のつながりは知らないが、只今《ただいま》の試験試合における一の人間技を超えたような手並みに驚いている。

二　暗夜の刺客

試衛館の剣客たちは、一をおぼえていた。

おんぼろではあるが、試衛館は、実力では千葉《ちば》・斎藤《さいとう》・桃井《もものい》の三大道場に匹敵した。

その試衛館の剣客八名が顔を揃《そろ》えて斎藤一を歓迎した。

その場面《シーン》を、芹沢鴨以下の天狗党出身の同志五名が苦々しげに見守っていた。

近藤勇は会津藩預かりの身分となり、新選組の事実上の指揮者《リーダー》となったが、局長の座を芹沢と分けた。芹沢は同志・新見錦《にいみにしき》、野口健司《のぐちけんじ》、平山五郎《ひらやまごろう》、平間重助《ひらまじゅうすけ》を率いて、その勢力は謙虚な近藤勇を圧倒した。

近藤は好戦的な土方を抑えて、芹沢派との対立を避けようとしていた。

そんな折も折、斎藤一の入隊は、近藤派にとって干天に慈雨のようなタイミングであった。

当夜、屯所にされている前川邸の広間で、一の歓迎の宴を張ってくれた。

幹部に加えて試験官になった隊士たちも参加して、宴は盛り上がった。

だが、その中に芹沢派はいなかった。

宴の席で、一は忘れられない人物と再会した。相手もあらかじめ覚悟していたような顔をしていた。

先夜、鴨河原《かものかわら》で多勢の尊攘《そんじょう》過激派集団に囲まれ苦戦していた少数派の頭が末席から精一杯の謝意を送ってきた。

一は即座に、彼がその頭本人に相違ないと確認して、周囲の者に気づかれないように、唇に指を立てた。

つまり、この場では知らぬ顔を通せと内密の合図《サイン》を送ったのである。

新選組の中核隊士が、尊攘過激派集団に囲まれて危ういところを通行人に救われたと知れては、隊内での面目を失うと咄嗟《とっさ》におもったからである。

一の咄嗟の機転を察知した頭、松原《まつばら》は、謝意を重ねた。

翌日、一は副長助勤を命じられ、沖田一番隊、永倉二番隊につづく三番隊長に任命された。

入隊翌日に三番隊長に任ぜられたのは、破格の待遇である。

沖田と同年輩である一は、隊の制服である京都大丸に特注した麻布仕立ての浅葱《あさぎ》色、袖口に白い山形のだんだら染めを彩った羽織をまとい、髪《あたま》は大髻《おおたぶさ》に結った。髷《まげ》の先端を広くしたため、風に向かって行進すると空間に大きく広がり、いかにも粋《いき》で屈強に見えた。

それぞれに抜き身の槍《やり》を抱え、周囲を睥睨《へいげい》しながら、高下駄の音も高く闊歩《かつぽ》する隊士は、辺りを払う威厳があった。

一方、勝手に尊皇の志士を自称して、諸国から上洛《じようらく》した不穏な浪士団たちは、新選組の見廻《みまわ》り行列を見かけただけで、尻尾《しつぽ》を巻いて横丁に隠れた。

新選組のおよそ行くところ阻む者はおらず、隊士たちは我がもの顔に市中を練り歩いた。

だが、向かうところ敵無しの威勢をもった新選組隊士は増長して、市中の商店に御用金を強要した勤皇浪士の真似《まね》をして、商店を強請《ゆす》るようになった。その音頭を取ったのが芹沢一派である。

芹沢一派のほかに、山南《やまなみ》、永倉、原田など、近藤派も参加した。土方が独裁的につくった局中法度《きよくちゆうはつと》に反感を持っていたので、面白半分に従《つ》いたのである。

近藤や土方は、見て見ぬふりをしている。

尊攘浪士以上に都を支配している会津藩預かりの身分をひけらかしながら、隊士は市民から御用金を捲《ま》き上げた。

最近は、尊攘浪士よりも新選組のほうが「壬生浪《みぶろ》」と称《よ》ばれて、市民から恐れられ、嫌われている。

近藤、土方たちは、なんとかしなければならないとおもいながらも、会津藩からの手当だけでは食っていけない。

一時、新選組の市中見廻りは市民から歓迎されたが、最近は隊士の列が近づくと、表通りの商店は「本日休業」の札を出して、表戸を閉ざすようになった。

このとき斎藤一は二十歳。

まだ童顔を残しながらも、屈強な剣客揃いの新選組の中で、近藤・土方も一目置く存在になっていた。

流派不明の剣の腕は抜群であり、たちまち沖田・永倉と肩を並べる剣客となった。にもかかわらず、いまだ少年の匂いを残して、先輩や年上の隊士に謙虚に対応しているので、隊内の人気を集めた。特に永倉は一を気に入ったらしい。

市中見廻り中、恐れられながらも、沖田と共に若い女性の目を集めている。

この間にも、芹沢一派の暴走は速度を増していた。

乏しい手当に、飢えた狼《おおかみ》のようになった隊士たちは、芹沢派の暴走に加わるようになった。

新選組の苦しい台所（生活苦）を敏感に察知した、京に蝟集《いしゅう》した諸藩の尊攘過激派は、

「食うや食わずで腹を減らしている新選組を叩《たた》きのめす絶好の機会ではないか」

「まさに。諸藩協力して新選組を叩けば、腹を減らした野良犬共、なにほどのことやあらん」

と噂をしあった。

新選組から追いまわされている尊攘浪士団は、日頃の鬱憤《うっぷん》が積み重なり、噴火の一歩手前にあった。

陰では壬生浪と嫌悪され、京都市民の反感を集めている新選組を叩く絶好の機会と見た。

「いずれも半士半農の江戸の食い詰め者が、会津藩預かりの身となってのぼせ上がっているだけじゃ。この機会に都は広いとおもい知らせてやるべし」

「会津藩に拾われた野良犬が、会津藩の番犬となっただけよ」

「たまたま帝のおぼえめでたく、増長しおった会津藩の鼻柱を、この機会にへし折ってくれようぞ」

新選組の実力を知らぬ尊攘過激派の若者たちが多数集まって、気炎を吐いた。

「会津藩の京都守護職本陣に討ち入るわけにはいかぬが、会津の番犬をこの機にこらしめてやれば、会津も多少たじろぐであろう」

尊攘過激派の気炎は上がる一方であり、三十数名が斬り込み隊を結成した。

彼らは、京の街を我がもののごとく練り歩いている新選組を膺懲《ようちょう》すれば、尊攘過激派の威勢が都を支配するであろうとおもっていた。

道場の申し合いで、目録以上の腕に自惚《うぬぼ》れていた尊攘浪士たちは、実戦でたっぷりと血飛沫《ちしぶき》を浴びた新選組の実力を知らない。

道場の天狗共は、

「会津の番犬、恐るるに足らず」

と気勢を上げた。

一方、新選組は尊攘過激派の不穏な動きを察知した密偵から、最初の報告を受けていた。いつ討ち入られても反撃できるように、戦闘態勢を敷いていた。

すでに新選組は、肩で風を切って都を闊歩している尊攘過激派の浪士たちが、帝の直衛《ちょくえい》を偽装している烏合《うごう》の衆にすぎないことを知っていた。

「形ばかりの案山子《かかし》め、早く来んかい」

新選組は近藤派、芹沢派と二分されていても尊攘過激派に向かい合うときは一体となった。

中でも芹沢派は尊攘過激派よりもあくどいことを商人たちに強要しているので、尊攘過激派を商敵のように睨《にら》んでいた。

一触即発の気配に包まれた斎藤一は、むしろ心身が安定しているように感じた。

かつて江戸で人を斬ったのは、道場破りの帰途、芸事の帰りらしい若い娘が、酔った複数のごろつきに囲まれているのを見かけて、間に立ったのがきっかけである。

ごろつきたちは、まだ童顔を残している一に、絡みついてきた。当初、一には斬る意思はなかったが、ごろつきは絡みついて離れず、

「やい、色男。てめえ、娘とここですっぱり裸になんな。娘は俺たちが剝《む》いてやる」

と、ますます執拗《しつよう》に絡んできた。

一を少年と侮ったごろつき集団は、悲鳴を上げる娘を容赦なく剝き始めている。

無頼漢たちの余った手が、本気で一の身体《からだ》に伸びてきた。

おとなしくしていれば、本当に赤裸に剝かれてしまう。無意識の裡《うち》に一は抜刀し、ふと気がつくと、ごろつき三名は自らの血溜《ちだま》りに浸って死んでいた。

彼に救われた娘は悲鳴をあげ、礼も言わずに逃げた。

一も、この場にいては厄介なことになると悟って、本能的に走った。幸いにも通行人はいなかった。

それが一の人を斬った初体験である。

父の前身は明石藩の剣客と聞いており、剣術の手ほどきを受けた。

父は一に稽古をつけて、「お前は剣の天才だ」と言った。

流派は不明であるが、確かに木剣の素振りをしていると、心が安定してくる。

父の紹介で入門した道場主も、一の剣才に驚いて、「教えることはなにもない」と言った。

十八歳の頃、道場主の代稽古を務めるようになり、

「道場で強い者が必ずしも実戦で強いとは限らない」

と、いみじくも後の土方と同じことを言った父の言葉が頭に刻まれていて、無意識の裡に無頼漢を斬り捨てたのであろう。

はっと我に返った一は、現場から逃げたが、人を斬っても良心の呵責《かしやく》はなく、心に積み重ねていた重荷《ストレス》が、春の雪のように、一気に解けたのをおぼえた。

人を斬ってむしろ、ストレスが解消している。

会津藩重臣から命じられて新選組に参加した一は、自分にとって世間の最良の位置

を占めたとおもった。

だが、入隊後、表舞台で華々しい活躍はしていない。

新選組隊服を着て、市中を市民の畏怖の目を集めて見廻っているだけである。

その背後には蝟集した尊攘過激派の目が光っている。

都は新緑に彩られ、夏を迎える門を開いている。

江戸では、季節の物売りが各長屋を時計がわりに正確にまわり、金魚売りが昼寝をしている隙に猫が金魚を盗み、蚊帳売りが美声を競っているであろう。

都では、そのような物売りの声は聞こえない。洛中不穏な気配に、物売りたちは尻込みをしているのである。

新選組結成前、二月下旬に京都郊外壬生へ着いた浪士隊一行は、清河八郎の画策によって分裂し、近藤、芹沢以下十三名が京都に残留して、たちまち全国から集まった尊攘志士たちを制圧し、見廻りと称して市中を我がもの顔に闊歩するまでに成長した。

会津藩重臣による命を受けた斎藤一は、上洛後、入隊するまで京都見物を兼ねて新選組を観察していた。

いずれも一騎当千の面構えをした隊士たちが、「誠」という文字の下に波形の山を合わせた隊旗を押し立て、赤穂《あこう》浪士討ち入り時に着した火事装束に似ている隊服を着て、都の目抜き通りを練り歩く光景は壮観であった。

新選組の台頭と共に、島田魁《しまだかい》、武田観柳斎《たけだかんりゅうさい》、林信太郎《はやししんたろう》など、隊の主力になる者が次々に入隊してきた。


都の治安を握っている新選組の台頭を横目にしながら、上洛後の日々を楽しんでいた一が、入隊の潮時と判断したことには、江戸藩邸勘定方で支給された旅費がそろそろ心細くなったことに加えて、松原との一件もあった。

威風堂々と市中を見廻る隊士たちは、いずれも一廉《ひとかど》の剣客のようである。

だが、観察を重ねて、彼らの拠点である壬生の屯所は荒くれ男たちの巣として、さぞや荒涼としているであろうと予想した一は、少しでも屯所の空気をやわらげるような土産《みやげ》を持参したいと考えついた。

男所帯をやわらげるものは、女性以外にあるか。

局長の芹沢鴨は街の女性を攫《さら》って屯所内に囲っているという噂《うわさ》が聞こえたが、確認できない。

また、女性が一人いるとしても、全隊士の〝慰安〟はできない。

荒くれ隊士の心情を少しでも癒せるような土産物は、咄嗟におもいつかない。祇園や島原や五番町などの遊女を身請けするには、莫大《ばくだい》な金を要する。そんな経済力は、一にはない。

手ぶらで入隊する以外にないとあきらめかけたとき、市中を散歩中、捨てられたらしい仔猫《こねこ》を見つけた。

何気なく目を向けた一に、にゃあ、と救いを求めるような声をあげた。猫のそばに置かれた器には、餌らしいものは一片もない。飼い主が持て余した猫と一緒に置いていった器であろう。

この数日、なにも食べていないらしく、猫は痩せていた。猫に鳴かれて可哀想《かわいそう》になった一は、近くの乾物屋へ行き、猫が喜びそうな煮干しや鰹節《かつおぶし》などを買い求め、器に入れてやった。

よほど腹が空いていたとみえて、たちまち餌を貪《むさぼ》り尽くし、器を空にした。まだ食べ足りなそうな猫を見て、乾物屋に引き返そうとした一に、猫は、また人懐こく、にゃあ、と鳴いて、ついて来た。

ありふれた黒猫であるが、尾を振りながら近づいて来て離れない。器をいっぱいにしてやっても、その場、そのとき限りで、猫は死んでしまう。

一は、猫を置き去りにできなくなった。

（俺は、お前を連れて行けない。きっと情け深い人が、お前を拾ってくれるだろう）

と言い聞かせて宿へ向かうが、猫はぴたりと背後に貼りついて離れない。

宿に着いても、追って来る。やむを得ず、一は、宿の主に頼み込んで、猫を一緒の部屋に入れてもらった。

とりあえず「チビクロ」と名付けた野良は、一の部屋の隅に置かれた座布団の上に丸くなって一夜を過ごした。

一夜を同じ部屋で共に過ごした翌日、一はチビクロに情が移って離れられなくなった。

宿で猫を飼う客は、老舗《しにせ》のその宿も初めてであるという。

翌日になっても、チビクロは外へ出ようとしなかった。困惑した一の頭に閃《ひらめ》いたものがあった。

（チビクロこそ、新選組入隊のもってこいの手土産ではないか。荒くれ者揃いの新選組にチビクロを手土産に連れて行けば、きっと全隊士の心の癒しになるにちがいない）

と、おもった。

新選組の中には猫嫌いもいるかもしれないが、人懐こいチビクロは、きっと隊士たちの心に溶け込む。

一は自信をもって、チビクロを手土産として新選組屯所へ持ち込んだのである。

当初、近藤や土方は難色を示すかもしれないとおもったが、意外に両人ともチビクロを見て目を細めた。

さらに驚いたことは、芹沢鴨が大の猫好きであったことである。

芹沢の私室に大きな顔をして入って行けるのは、お梅《うめ》という芹沢の妾《めかけ》と、チビクロだけであった。

洛中の見廻り中、尊攘浪士と鉢合わせして斬り合いとなり、血の臭いを塗《まぶ》して屯所に帰って来た隊士たちを迎えたチビクロは、たちまち隊士たちを包んだ殺気を吸い取ってしまった。

何度も死線を潜《くぐ》ってきた隊士たちも、チビクロを見ると、鋭い眼差しがたちまちやわらかくなり、隊士全員がチビクロを奪い合うようになった。

チビクロも全隊士から可愛《かわい》がられていることを敏感に悟って、万遍なく愛嬌《あいきょう》を振りまいている。

特に傑作なのは、芹沢がチビクロを見るだけで、凶悪な面相がたちまち心太《ところてん》のようにふにゃふにゃになってしまうことである。

時には芹沢の布団に潜り込む。

近藤、土方が芹沢の暴走に歯止めをかけようとして、いまにも血の雨を振りまきかねない険悪な気配になったときも、チビクロが両者の間に入り込んで来て、にゃあ、と鳴くと、緊迫した空気が、たちまち春の雪解けのようになり、両者の険悪な顔色は穏やかになった。

壬生屯所におけるチビクロの存在は、非軍事時空帯（時間＋場所）になってしまった。

だが、チビクロを台風の目のような時空としつつも、新選組内の近藤派対芹沢派の対立はもとより、洛中をめぐる政情は騒然として、新選組対尊攘志士の対立は、一触即発の気配になっていた。

新選組の存在感が確立し、日増しに入隊士が増えていても、諸藩、特に西南の大藩から都に蝟集して来た尊攘志士たちの兵力は、新選組を遥《はる》か上回っている。

新選組の密偵から、

「諸藩の尊攘過激志士や、末端浪士が密《ひそ》かに集まり、壬生屯所への討ち込み計画を練っております。その兵力は増える一方、侮《あなど》るべからず。ご油断召さるな」

と情報が伝えられた。

兵力は今では少なくとも五十を超えており、いずれも遣い手揃いとのことであった。

それに対して、新選組の兵力は四十足らず、近藤・土方以下幹部隊士は、市中の休息所と称する女の許《もと》に泊まっているか、遊廓《ゆうかく》に遊びに行っている者も多い。

密偵の報告に伴い、近藤自ら休息所〝通勤〟を当面中止し、隊士たちに、夜は屯所に帰るようにと命令を発した。

全隊士を掻《か》き集めても四十人そこそこ、それに対して、討ち入りの機会を窺《うかが》っている尊攘志士の兵力は少なくて五十、日数を重ねると共に兵力は増長しているという。

入隊後、鍋の底を焙《あぶ》るような京の夏がようやく去りかけた夜、一は不吉な予感をおぼえると共に武者震いが走った。なにかが起きそうな気配を全身におぼえた。これまで一の予感が外れたことはない。

彼は近藤と土方に不吉な予感を伝えた。

近藤は黙って聞いてくれたが、土方は、

「左様な予感は毎日おぼえておる。心配無用。まさかお主《ぬし》、臆病風に吹かれたのではあるまいな。明日はやんごとなき御方（帝）市中御行幸の間、供奉仕《ぐぶつかまつ》れとの仰せであある。眠れる間に眠っておけ」

と笑い捨てた。

それ以上申し立てれば、臆病者にされてしまう。一はやむを得ず、不吉な予感を抱いたまま、副長助勤に与えられた前川邸玄関前の控の間に引き上げようとした。そのとき、近藤が、

「お主は、こちらの部屋に寝《やす》め」

と、一に、近藤、土方以下沖田、永倉などと奥の幹部室に寝むようにと命じた。

近藤は勘の良い一の言葉を信じたらしい。

土方は黙っていたが、沖田、永倉は大いに歓迎して、恐縮する一に床を敷いてくれた。

その夜、一の布団に潜り込んでいたチビクロが床から這《は》い出して妙な声で鳴いた。

四人、枕を並べて眠りばなにチビクロの鳴き声と共に一は、隙間風をおぼえて目を醒《さ》ました。

奥の部屋からは近藤の鼾《いびき》、幹部室には沖田、永倉、原田左之助《さのすけ》などが熟睡している。

目覚めると、戸は少し開けられていたが隙間風は感じない。幻覚かとおもい直して

再び眠ろうとしたとき、玄関の方角に忍ばせた微《かす》かな足音を感知した。

隊士が雪隠《せっちん》へ通う足音とはちがう。

チビクロの姿が見えなくなっている。おそらく離れ家や八木邸にいる隊士たちに、急を告げに行ったのであろう。

彼らが駆けつけて来るまで、前川邸にいた隊士たちは保《も》ちこたえなければならない。

一は床の上に跳ね起きると同時に、習慣で枕許に置いていた愛剣を取り上げながら、

「方々、狼藉者《ろうぜきもの》の押し込みにござる。ご油断召さるな」

と大声を発した。

玄関番の宿直《とのい》を置き去りにしてなだれ込んで来た最先鋒が、奥の幹部室の仕切り襖《ふすま》を蹴倒すと同時に、斎藤一の愛剣が鞘《さや》を走り、血飛沫が天井まで跳ね上がった。

その間に、沖田、永倉は刀を手にし、原田左之助が手槍を構えていた。

一見して敵勢が三倍以上と、一は読んだ。

「背中を合わせろ」

土方の声が響いた。言われる前に、一、沖田、永倉が三つ巴《どもえ》になって奮戦している。

敵の兵力は五十名以上。

我が方は四十数名であるが、半数は八木邸その他に分宿している。前川邸の十数名

は各部屋ごとに分散して、圧倒的多勢の敵に囲まれている。

兵力は少ないが、向かい合う新選組隊士は血煙を浴びて生き残った一騎当千ばかりである。

兵力は劣っても、練度と地の利は我が方に圧倒的に有利である。

それぞれが愛刀を身体の一部のように振りまわす都度、血の雨が振りまかれた。いずれも敵の血であり、我が方の損傷は掠《かす》り傷だけである。

圧倒的な兵力に驕《おご》って、事前の戦場の偵察も、集団戦闘の訓練も怠ったまま、道場の玩具《おもちゃ》にすぎない天狗が、剣客の巣のような新選組屯所に討ち込んで来て、たちまち斬り崩されてしまった。

半士半農の成り上がりと侮っていた新選組の凄《すさ》まじい反撃を受けた敵は、羊の群れに飢えた狼が餌食にされ、退路すら断たれて右往左往しているかのようだ。

「兵力を集めよ。美味《うま》い獲物が犇《ひしめ》いているぞ」

土方の呼びかけと前後して一が呼子を吹いた。つづいて、

「一匹も生かして帰すな。天下の新選組に挑んだからには、それなりの覚悟があろう。手加減は一切せぬ。集団墓地も用意してある。たとえ我らが許そうとも、帝の許しも賜らず勤皇志士を僭称《せんしょう》して、強盗並みに他家を襲う、その罪許すべからず。ただ一人

とて生きては帰さぬ」

と、近藤勇が朗々と呼びかけ、一の呼子の一吹《いっすい》ごとに浪士に逃げる間もあたえず、一刀の下に斬り落とした。

そこへ、騒動を察知した隊士たちが別室から押っ取り刀で駆けつけ、八木邸から芹沢一派が合流した。

幹部室の近藤以下数人の幹部隊士たちにすら翻弄《ほんろう》されていたのが、全隊士が一体となっての反撃に、討ち込んだ尊攘派は支離滅裂となって崩壊した。

尊攘派の死者は五名、重傷のまま置き去りにされた者は七名、そのうち二名が応急手当中に死に、生きていたが現場から動けぬ者は一応の手当を受け、

「二度とその面をさらすな。どこへ行こうと自由ではあるが、武士の尾は切り落とせ。路上に筵《むしろ》を敷き、情を乞うのであれば、犬猫の残しものぐらいはあたえつかわすであろう」

と、武士としてこれ以上はない恥辱を受けて放免された。

壬生の新選組屯所に討ち入って来た尊攘過激派の浪士たちは長州、土佐の他御三家の一つ水戸藩の脱藩者であった。

各藩は、

「当家にはなんの関わりもない者にござる」

と空惚《そらとぼ》けた。

諸藩過激派は合体して新選組屯所に討ち入り、完敗を喫した。

この事実に対しては厳重な箝口令《かんこうれい》が布《し》かれたが、上手の手から水が洩《も》れるように、洛中および全国に広がった。

ここに、新選組の実力は会津藩の番犬に留《とど》まらず、幕府軍事力の最先端に立つ武器と目された。

天下の覇者幕府権力が衰退してきた時世に、新選組の台頭は、幕府復活の原動力になった。

もはや数に勝る軍事力をもって天下を争い合う時代ではない。新選組のごとく、いつ、いかなる時と場所においても、戦闘可能な奇襲《ゲリラ》戦力が圧倒的に強い。

新選組に刺激を受けた諸藩、特に西南大藩は、新選組に学んで、奇襲戦力を養うようになったが、新選組のような機動力抜群の人間兵器には及ばない。

その中でも過激攘夷《じょうい》集団の奇襲をいち早く撥《は》ねのけ、致命的な打撃を加えた第一の功労者は、斎藤一であった。

近藤、土方以下、錚々《そうそう》たる剣客たちも及ばぬ流派不明の圧倒的な剣法、呼子によって敵の戦意を揺るがし、同時に味方の兵力を集めた気転など、高く評価された。

局長の近藤は、「新選組の至宝」と称賛し、副長の土方は、「戦いの天才」と褒めそやし、幹部隊士たちも、一への称賛を惜しまなかった。

芹沢鴨一派のみが、

「さしたることではない。前川邸の連中が衆寡《しゅうか》敵せず危うくなった場面を救ったのは我々である。斎藤は乱戦の中、要領よく走りまわり、笛を吹いて敵勢を惑わせていたにすぎない」

と、けちをつけた。

だが、事実は、芹沢一派が八木邸から前川邸に駆けつけて来たときには、すでに戦闘は終っており、彼らの出る幕はなかったのである。

「我らが出るまでもない。道場の天狗が木刀を持って踏み込んで来たのであろう」

平山が芹沢に追従した。

気の短い原田が嚙《か》みついた。

「なんだと。もう一度言ってみろ」

短い手槍で、空間が制限された屋内戦を主導したのは原田である。

圧倒的な勝利であった。

芹沢派は表舞台に出遅れたのである。

これ以後、近藤派が絶対的に新選組を握った。芹沢ははなはだ面白くなく、昼間から酒を飲み、女を自分の部屋に引き入れて痴戯に耽《ふけ》り、隊士たちの顰蹙《ひんしゅく》を買った。

この間、薩英《さつえい》戦争によって英国以下欧米の近代兵器の威力を知った薩摩藩は、急速に英国に接近していた。

並行して、尊攘過激派の新選組屯所討ち入り事件以後、新選組の体力は充実すると共に、近藤派と芹沢派の亀裂が深くなっていた。

特に芹沢派の暴走は留まるところを知らず、幕府と尊攘派の狭間《はざま》にいる商人たちから御用金、庇護金などと称して資金調達競争に便乗し、芹沢鴨は資金の豊富な大和屋に一万両の用立てを命じた。

その少し前に、尊攘派に一万二千両を寄進したばかりの大和屋は、芹沢の強請りを「もはや鼻血も出ない」と拒んだ。

これに激怒した芹沢は、会津藩から臼砲を借り出し、大和屋の真ん前、至近距離から砲撃を加えた。

至近距離からの砲撃は全弾命中し、表通りに広い間口を構えた大和屋は木《こ》っ端《ぱ》微塵《みじん》に崩壊した。

市民や、御所の公家や、諸藩の京都邸や、尊攘の志士たちは、都が戦場になったと仰天した。

特に驚いたのは、京都守護職の会津藩であり、砲撃の主が、自ら預かっている新選組の局長と聞いて、藩主・松平容保は激怒した。

だが、自らの所轄《しょかつ》にある新選組を会津藩が制圧すれば、暴徒を飼っていることを会津自らが認めることになってしまう。

近藤・土方派も迂闊《うかつ》に手を出せない。

芹沢の暴走は、そのまま新選組の暴走とされ、折角の支援者《スポンサー》から、追放されてしまうかもしれない。

このとき平素寡黙な沖田総司が、近藤・土方に、

「この際、芹沢殿を暗殺すべきと私考《しこう》仕ります」

と密かに提言した。

「暗殺……」

「……芹沢を」

近藤と土方は、はっとしたように顔を見合わせた。

「暗殺とは名案であるが、芹沢は尋常ならぬ遣い手であるぞ。配下の平山や新見、野

口なども油断ならぬ剣客揃いである。下手をすると手に負えなくなる」

「その役目、斎藤殿に委任されてはいかがでございましょう」

意外な推薦に近藤は土方と目を合わせた。

「斎藤殿の剣はとうてい手前の及ぶところではござらぬ。新選組にはひとかたならぬ剣客が集まってはおりますが、斎藤殿を超えるものはござらぬ。永倉殿と拙者は申し合いでは引分けましたが、斎藤殿が譲っております」

近藤、土方、沖田、井上源三郎《げんざぶろう》は試衛館子飼いの天然理心流の剣客である。山南敬《けい》助《すけ》、藤堂平助《とうどうへいすけ》は「玄武《げんぶ》館《かん》」からの横滑り、永倉、原田は血飛沫を浴びて死線を潜って来た殺し屋である。

だが、芹沢鴨は只《ただ》の剣客ではない。剣客というには精神が曲り過ぎている。酒と女が大好物であり、水を得た魚のように血の渦に巻かれながら巨大化していく、人間から変身する怪物である。

真剣勝負を前提とする試衛館出身の剣客や正統な流派を学んだ剣客たちとはちがう。

天性の怪物とおもえば間違いない。

(なるほど、芹沢が怪物、総司が天才、ならば一は鬼才といってよい)

土方は次第に一に傾いてきた。

隊士中、一は沖田と同年であり、最年少である。

剣は互角であるが、剣筋は沖田よりも正確であり、狙った的は決して外さない。総司の豪放な太刀筋に対して、一のそれは算盤《そろばん》で弾《はじ》いた数値のように正確無比であった。

しかも、敵と向かい合った瞬間、正確無比な〝剣算〟をしている。今日で言うなら、電子計算機である。

近藤一派は、芹沢暗殺を決定した。

芹沢が局長として横暴の限りを尽くしている限り、新選組は京都市民から壬生浪として蛇蝎《だかつ》のごとく嫌われる。また、新選組の預かり主である会津藩から追放されてしまうかもしれない。会津藩主の外人部隊として軍事力の最先端とされていても、芹沢の暴走が藩主容保の怒りにもっと触れれば、たちまち路傍に放り出されてしまう。

すでに芹沢の乱暴は、容保の耳に聞こえており、近藤派が動かなければ、腕の立つ旗本を刺客として派遣するばかりになっていると、組の密偵が密かに伝えてきている。

旗本御家人の刺客に芹沢を暗殺されれば、新選組の面子《めんつ》が立たない。芹沢はなんとしても新選組が始末しなければならない。

芹沢の暴走は、新選組全体の暴虐である。いまや京都市民や尊攘の志士たちはそう思っている。

一刻も早く芹沢を始末しなければならない。失敗は絶対に許されない。

近藤・土方は、密かに芹沢暗殺計画を詰め始めた。

音に聞こえた芹沢の暗殺が失敗、あるいは察知されれば、手がつけられなくなる。

絶対に成功しなければならない。

近藤と土方は刺客の選出を始めた。

刺客としての資格は、

一、芹沢に対応できる遣い手。

二、口の堅い人間。

三、集団戦に慣れている者。

四、近藤・土方に忠誠を誓っている者。

五、試衛館出身以外の者。

これだけの条件を備えている者は、やはり一以外にいない。

芹沢の取り巻きに野口、平山、新見、平間がいる。いずれも芹沢に次ぐ剣客である。

それに対して近藤・土方以下の試衛館出身者は沖田、永倉、原田、井上、山南などであるが、彼らは迂闊には使えない。

山南、永倉、原田、井上の四名は、芹沢の御用金調達について行っている。へたに手を出してしくじれば、手負い猪《じし》のように、手がつけられなくなる。

こうして沖田の提言を考えに考え抜いた末、絶好の刺客として、斎藤一の輪郭が濃くなった。

斎藤は途中入隊であるが、会津藩命によって送られて来た剣客である。その腕は試衛館派の天才剣客沖田総司に優るとも劣らぬ。

入隊当初は会津藩が送り込んで来た密偵かと疑った。

だが、江戸の剣客の巣である試衛館へ道場破りに来て、互角以上の腕前を披露し、面識がある。

入隊早々にして新選組の確実な戦力となっている。

沖田のように病弱ではなく、江戸からついて来た山南、永倉、原田のように大きな顔をするでもなく、謙虚である。

隊士たちから敬遠されている芹沢の部屋にも、時どき猫を連れて遊びに行く。あの横暴な芹沢が、斎藤の連れて来た猫を可愛がり、斎藤とも馬が合うようである。

「一以外には、適性のある刺客はいないな」

土方が言った。

「弱冠二十歳の男が、天下に聞こえた芹沢を討てるかな。しかも、芹沢と仲が良さそうだ」

近藤がまだ躊躇《ちゅうちょ》している。

「討てる。彼でなければ討てまい」

土方は自信のある口調で言った。

「どうして、そう言える」

「芹沢は、一に気を許している。しかも、一の剣は天才だ。総司もそれを認めての提言だ。十中十、一ならば、芹沢を討てる」

土方は断言した。土方の自信たっぷりの口調に、近藤もその気になってきた。

「拙者が指揮を取る。念の為《ため》に、総司と原田、永倉を付ける。芹沢には平山以下数名が付いておる。いずれも遣い手だ。油断するな」

土方が決断した。

「まずは芹沢局長に当たる前に、軍師の新見殿を処分すべきと……」

沖田が再び提言した。土方がうなずいた。

芹沢も新選組の局長であるが、いつの間にか実権は近藤と土方に奪《と》られてしまっている。

そこへきて、軍師の新見が消えれば、芹沢の主導力は弱化せざるを得ない。近藤と土方は新しい窓が開かれたように感じた。沖田の提言通り、新見は芹沢の軍師である。芹沢の剣は強いが、頭は大したことはない。

斎藤一は、近藤・土方の部屋に呼ばれた。二人の様子がいつもとは異なっている。二人の周囲には、だれもいない。一を呼ぶ前に人払いをしたらしい。

一は緊張した。

「ほかでもない。お主に頼みたいことがある。いや、お主でなければできぬことだ」

土方は、おもむろに口を開いた。

「なんなりと、お申しつけください」

「お主を見込んで頼みいる。芹沢を排除してもらいたい」

「芹沢を排除……」

一の顔色が改まった。

「お主でなければできぬ仕事だ。芹沢一人のために、新選組の名に泥がかけられている」

「左様な大役を拙者ごときの新参者に……」

「お主でなければできぬことと申したであろう」

「それほどまでのご信任。拙者、喜んでお引き受け仕りますが、それはすぐにでも……」

「早ければ早いほどよいが、準備は我々が整える。念のためというよりは、見届けるために総司と永倉、原田をつける。拙者も同行する」

土方が冷徹な目をして、一の反応を見つめた。

一拍置いて、一は、

「お受け仕ります。この大役は必ず果します」

「お主は引き受けてくれるとおもっていた。合図があるまで芹沢に察知されぬよう、平常通りにいたせ」

と土方は言った。近藤がうなずいた。

ここに、沖田の提言を踏まえて芹沢鴨暗殺計画が動き始めたのである。

土方が立てた暗殺計画の主たる的は芹沢であるが、以下の取り巻きも一人残さず排除するつもりである。

まず沖田の提言通り、芹沢の軍師である新見を消してしまう。その役目は沖田と永倉に託した。

いまや新選組は着実に近藤によって統一されつつある。

会津公も、なにか事あれば必ず近藤を呼び出して、諮《はか》っている。

芹沢にとっては、はなはだ面白くない。

新見は三人局長制の一人であるが、芹沢に与《くみ》して、彼の軍師となっている。

その頭脳は、近藤派の軍監・山南敬助に比肩する。芹沢の暴走に、なにかと悪知恵をつける新見は近藤、土方にとって、目の上のたんこぶであった。

総司は、芹沢と対峙《たいじ》する前に、新見を消すべきであると勧めていた。

土方は、二十歳の緻密な奸計《かんけい》に舌を巻いた。

ここに新選組は総力を挙げて、隊の害虫駆除を決定したのである。

文久三年（一八六三）、幕府と尊攘派の谷間に落ちた商人たちは、双方から御用金を要求され、断わった商人は相次いで三条河原に梟首《きょうしゅ》された。

総司は、その谷間に目をつけて、芹沢を新選組から除去すべしと提案をしたのである。

京の夏は凄まじく暑い。山に囲まれた盆地に占位した都は、春、秋、冬は季節の花に彩られ、めりはりの利いた季節の交替によって、千年の京都文化が競い合う。

街の東を流れる鴨川に架かる数脚の橋によって連結された市中には、長い歴史を刻んだ古社寺が鏤《ちりば》められている。それに対応する連日のような行事に市民が参加し、旅人は足を止める。

季節を彩る花や、市民や、諸国から集まる旅人たちによって賑《にぎ》わっているが、中でも京女の美術品のように艶《あで》やかな姿が街を飾る。

天下の覇権を握った幕府の威勢の衰退に反比例するように、西南の諸藩が台頭して、尊皇、佐幕、攘夷に相分かれ、血腥《ちなまぐさ》くなっているが、古格ある気品は史音を語る。

京の都そのものが交替する権力によって今日に至り、累代の住民は、権力の脆《もろ》さを知っている。時の権力がどんな威勢を示しても、いずれ交替することに馴《な》れている。

だが、歴史を積み重ねてきた市民も、一時の政権を握った覇者も、京の夏の暑さには参った。

四方に威容を競う山によって、鍋のような盆地への風は遮断され、鍋の底に踞《うずくま》った人間を容赦なく焙り立てた。

強者《つわもの》揃いの新選組隊士も、京の暑さには参った。

京最大の行事「祇園会《ぎおんえ》」によって開幕した夏の暑さに耐えて、ようやく天が高くなり、日毎に涼しくなった。

斎藤一は、夏が終わるのをひたすら待っていた。

まず、芹沢の軍師である新見を側近から取り除く。

八月十三日、大和行幸の勅諚《ちょくじょう》が発せられ、これを阻止しようとして、公武合体派の公家や諸大名が蠢動《しゅんどう》を始めている。

新選組も連日出動して、志士狩りに集中していた。芹沢暗殺の兵力の余裕がない。

「帝の大和行幸は間もなく取り止めになりましょう。それを待ってから芹沢暗殺に取りかかっても遅くはござらぬ」

と、一は近藤、土方に進言した。

「お主になぜわかる」

帝をめぐる宮中の複雑な動きを、新選組の新参隊士がどうして察知したのか、二人は驚嘆した。

「尊攘派の指導者真木《まき》和泉《いずみ》が急進派の公家に働きかけて、帝の大和行幸を画策したにちがいありませぬ。しかしながら、帝は会津侯と親しく、急進（派の）公家などに誑《たぶら》かされて大和行幸など、おもってもおわさぬでしょう。

大和行幸が実現すれば、これに相呼応して、尊攘倒幕の挙兵を企んでいるのが真木和泉の肚《はら》の裡《うち》でございましょう。帝がそれを知れば烈火のごとくお怒り召され、大和行など虹のように消えてしまうは明らかにございます」

近藤と土方は、弱冠二十歳の一の理路整然とした推測に舌を巻いた。

まさに、その通りである。会津侯と水魚の交わりのように親しい帝が、倒幕偽軍の企てなどに利用されるはずがない。

一の提案どおり、芹沢暗殺は帝の大和行幸が立ち消えるまで待つことになった。

この間、新見の姿が消えた。

「新見は、どこへ行った」

芹沢は問うたが、だれも答えない。近藤、土方も知らぬ顔をしている。

「女と駆け落ちをしたのではないか」

密かにささやく隊士もいたが、推測にすぎない。

新見が祇園の山緒《やまのお》という茶屋の女将《おかみ》と懇《ねんご》ろになっている噂は、隊内に洩れている。

女将の志乃《しの》は、長州藩士尊攘派の主導者久坂玄瑞《くさかげんずい》とも通じていることを、隊の密偵が探り出し、近藤・土方に注進していた。

京の遊び場は非軍事地帯となり、犬猿の仲である幕府寄りと尊攘派が鉢合わせをしても、互いに素知らぬ顔を通した。

過激志士集団を寡数をもって粉砕した新選組の威力に、尊攘派は怯えていた。新選組の威勢がますます盛んになりつつある間、芹沢の暴走は極点に達していた。過激志士たちを粉砕したのが芹沢派ではなく近藤派であることに、芹沢はますます鬱憤を蓄積した。洛中の商店から御用金と称して強請りをつづけ、その金で洛中の遊び場で傍若無人に遊びまわり、逃げまわる遊女たちを手込めにしたり、嫌がる遊女の陰毛を毟《むし》り取ったりしたため、芹沢の座敷と聞くと遊女たちは震え上がって逃げまわった。

遊女に毛嫌いされて芹沢はますます怒り立ち、前を捲《め》くり膳《ぜん》部に放尿した。乱酔して目が吊《つ》り上がり、暴れまわる芹沢に、同行して来た芹沢派の隊士たちも手がつけられない。さんざん暴れまわった後、ばたりと畳の上に倒れて、泥酔したまま眠り込んでしまう。隊士たちが駕籠《かご》を呼び寄せ、正体のない芹沢を手取り足取り駕籠に乗せて、ようやく壬生の屯所へ連れ帰った。

お梅に介抱されて、翌日、目が覚めると、けろりとして、昨夜、廓《くるわ》へ繰り込み、なにをしたか、きれいさっぱり忘れている。

廓から、芹沢が乱酔して暴れまわり、遊女を傷つけ、他の遊客たちにも狼藉《ろうぜき》を働き、営業不能となった苦情を持ち込まれ、さしもの近藤も土方も頭を床にこすりつけて謝らざるを得なかった。

「このままでは折角ここまで高めてきた新選組の名声に泥を塗るだけではなく、市民からもさらに敵視されてしまう。もはや、一刻も早くきゃつを排除する以外にあるまい」

と土方が言った。

「とはいえ、簡単に排除できる相手ではないぞ。芹沢の常軌を逸した暴走は、すでに会津侯の耳にも聞こえておる。へたに手を出して失敗すれば、手がつけられなくなるぞ」

この期におよんで近藤は慎重になった。

「芹沢は遊所であれだけ大暴れして蛇蝎のように嫌われていながら、遊所の遊びが好きで好きでたまらない。だが、どこの遊所へ行っても表戸を閉ざされてしまう。自分でも暴れすぎたと後悔しているようだが、すべての遊所から拒絶されている。芹沢の蛮行は会津侯の耳にも入っており、暴力で遊所に押し入ることはできない。きっと遊里の遊びに飢えて、うずうずしているにちがいない。そこを狙って、隊士の慰労と称して島原にでも連れ込み、酒を飲ませて、自力で動けぬほど酔い潰す。腰が抜けた芹沢を駕籠に乗せて屯所に連れ帰り、白川夜船の裡、三途《さんず》の川に放り込む……」

と土方は、楽しい遊びの計画を練っているような嬉《うれ》しげな顔をした。

決行の日時、九月十八日夜、まず新選組の慰労会と称して、島原「角屋《すみや》」が会場となった。後援は会津藩である。

数日前、新見の姿が見えなくなったのを、芹沢は不審におもっていたが、行きつけの料亭で懇《ねんご》ろになった芸妓《げいぎ》と一緒に、骨休めの温泉浴に行ったと言いくるめられた。

芹沢自身も、お梅と共に近郊の温泉浴に行ったことがあるので、それ以上は詮索しなかった。

まずは第一の関門を通過した。

土方から命じられた芹沢暗殺を引き受けたものの、一は心の奥で懊悩《おうのう》していた。

確かに、芹沢の横暴は逸脱している。

だが、一は芹沢が好きであった。

芹沢の心の奥には未知の理念があり、それをおもうように達成できない不満がストレスとなって、彼を横暴にしているのである。

不満を洗い落とそうとして酒に乱れ、暴れまくるが、心の裡はさびしい。

それが「猫可愛がり」に表われている。粗暴で酒乱の芹沢の真実《しんみ》は、優しい、人の情けに飢えている。

一が猫を連れて芹沢の部屋に遊びに行くと、目を細めて抱き取り、なかなか離さない。

お梅が猫の餌を持って行くと、芹沢が猫に〝給餌〟する。その姿は到底、横暴の限りを尽くす芹沢とはおもえない。

内実は人の情けに飢えている男を、暗殺せよとの命令に、一は困惑していた。こんな優しい男を殺せとは、残酷な命令である。

だが、近藤・土方派に属し、会津藩から派遣されている身分である一は、いかなる命令にも従わなければならない。

斎藤一は、会津藩と新選組に二重に束縛されているのである。それも、一自らが選んだ道であった。

芹沢の硬化した心は、一と共に遊びに来る猫によって、やわらかく解けていくようであった。

こんな人を、とても暗殺できない。近藤、土方の前に出て、暗殺お断りの申し出《い》でをしたいとおもったが、できる相談ではない。

人生によっては引き返せるが、もはや、斎藤一の人生は引き返しが利かない。

それも自分が選んだ人生とは言え、日本を支配する巨藩、そして入り乱れる政権の争いを、圧倒的な暴力をもって一方の側に統一しようとする雇われ暴力集団に所属してしまったのである。

所属そのものは自らの選択ではなく、外力による強制的な宿命である。

一は、それをべつに悔やんではいない。

だが、芹沢鴨という、怪物であると同時に人間味を秘匿しているミステリアスな存在に惹《ひ》かれてしまった。

そして、その仲介になったのは猫《チビクロ》であった。

唯一の手段として、密かに芹沢を逃がす、という道が残されている。

だが、芹沢がそんな道を受け入れるはずがない。

芹沢と一緒にチビクロを待っている人がいた。芹沢の愛人お梅である。

男所帯の壬生屯所に衣食している、艶やかな花のように新選組を彩る成熟した艶色に満ちた女性である。

お梅は、新選組の御用商人織物問屋菱屋《ひしや》太兵衛《たへえ》の妾であったが、屯所へ集金に来て芹沢に手込めにされた。

強姦《ごうかん》ではあったが、相性がよかったらしく、お梅はそのまま芹沢の部屋に居ついてしまった。

若い隊士たちの目が集中しても、お梅は悪びれず、むしろ誘うような秋波を送った。

お梅は、隊士たちの憧れの的でもあった。

一がチビクロを伴って芹沢の部屋に行くと、お梅は待ちかねていたように、一には茶菓を、チビクロには好物の煮干しを出して、もてなした。

その光景を芹沢は、微笑《ほほえ》みながら見ている。

芹沢が不在のときは、帰ろうとする一を引き留めて、酒肴《しゅこう》を出した。

芹沢は、若い隊士が、お梅と仲良さそうに交流しているのを見ても、決して妬《や》かない。むしろ、チビクロを見るように目を細くして喜んでいる。

お梅も芹沢の不在中に若い隊士を引き込んでいるわけではない。芹沢の目の前で隊士たちと戯《たわむ》れていると、芹沢はむしろ機嫌がよくなる。

ある日、芹沢を訪ねたが所用があって不在であり、帰ろうとした一をお梅が、

「あら、袖が少し破れているわ。繕ってあげる。いらっしゃい」

と呼んだ。帰ろうとする間《ま》も与えず、針箱を取り出し、手慣れた手つきで針を動かして、破れ目を繕ってくれた。

「お手数をかけ、かたじけない」

一が礼を言って、帰ろうとしたとき、お梅の手が伸びて、ぴたりと寄り添った。彼女の体温を感じたとき、熱い唇が、一の口を塞いだ。一瞬、一はくらくらとした。束の間《つかま》の口づけであったが、とても長いように感じられた。

ようやく、一を解放した後、

「芹沢を守ってあげてちょうだいね。あの人は悪気がないのに毛嫌いされ、自分の気持ちを正直に表わせなくて、いらいらしはるのよ。あの人は屯所のだれよりも、あなたが大好きなの。

中身はとても優しいのに、理解してもらえへんと、正反対に暴れまわるの。あの人が暴れてはるときは、本当は心の中で泣いてはるの。泣きながら暴れてはるのよ。私にはわかる。私だけではなく、斎藤さんとチビクロも芹沢の心がわかるみたい。

芹沢は、『俺が死んだら墓などつくらなくてよい。山の奥に埋めるか、海に沈めるか、お梅と斎藤とチビクロの二人一匹で酒を流してくれ。次の年には、どこに埋め、どこに流したか、わからなくなるだろう。それでいい。それ以上、迷惑はかけない』と、よく言わはるのよ。

あの人、案外、弱気なの。死ぬことなんか駄目。生きることを考えてと、斎藤さんから説得してちょうだいな。斎藤さんが言うことなら、芹沢はきっと素直に聞きはるわ」

と、お梅は言った。

お梅の言葉が耳に刻まれて離れない。

確かに、芹沢の外面は粗暴の限りであり、恐れられ、嫌われている。会津藩主の怒りを買い、近藤・土方は芹沢暗殺を決意した。そして刺客として斎藤一が選ばれたのである。

板挟みどころか、岩の亀裂に挟み込まれたようなものである。唯一、一に残された道は、新選組からの逃亡である。

だが、逃亡すれば、会津家中の重臣に迷惑がかかる。二進《にっち》も三進《さっち》も行かなくなっている。

その間に、芹沢暗殺決行日が、容赦なく迫ってくる。

当日がきた。

この間、一は何度か逃亡を試みたが、ついに決行できなかった。

逃亡を企てる都度、お梅の熱い唇の感触が甦《よみがえ》った。そして芹沢と密かにつながっている友情の絆《きずな》。

仮に自分が逃亡しても、芹沢は必ず討たれる。そして、芹沢の望むように、山の奥や海に彼の遺骨は埋められも、流されもしない。

おそらく、土方が先頭に立ち、沖田、原田、永倉たち腕達者が、酔い乱れ泥酔している芹沢以下取り巻きを討つであろう。

土方の作戦であるから、絶対に逃れられない。

迷いに迷った末、一は、九月十八日夜、島原「角屋」で盛大に行われた隊の慰労会に参加した。

（もはや、これまで）

と、一は覚悟した。

会津藩の後援であるので最上等の酒と料理が供され、売れっ子の芸妓が集まって、一人一人に酌をした。

芹沢一派と近藤・土方派も見事に宥和《ゆうわ》して、宴が盛り上がった。

芹沢は上機嫌だった。芸妓の酌に加えて、近藤派の幹部たちが次々に立って、芹沢の盃を満たす。

「局長、新選組の未来のために、お言葉を賜りたい」

第一声は近藤とおもっていたところ、自分に譲られたので、芹沢はますます気をよくした。新見の欠席は疾《と》うに忘れている。

平山、平間も、近藤派から盃を勧められて、斗酒《としゅ》なお辞せずの勢いに乗っている。

威勢よく立ち上がった芹沢は、

「今日《こんにち》、我ら新選組が最も大きな存在となり、都《みやこ》の治安を護《まも》り、諸国、津々浦々まで、我が新選組の勇名は轟《とどろ》き渡っている。これも隊士諸君の働きの賜物《たまもの》である。幕府や会津藩はもとより、帝におかせられても、我が新選組を、都を護る最も頼もしい軍団として、尊重しておられる。これからも大いに奮励努力して、尊皇攘夷・公武合体の引き綱となって成果を上げようではないか。

今宵は無礼講である。大いに飲み、大いに騒ぎ、大いに英気を養ってもらいたい。我輩も諸君に負けずに飲みまくるぞ。がっはっはっは」

と蛮声を張り上げ、威勢を振るった。

宴は夜半までつづき、近藤派は隠された恐るべき計画を気づかせず、

「さすがは芹沢局長。豪快な飲みっぷりですなぁ。豪傑とは、まさに芹沢先生でござる。斗酒なお辞せず、津々浦々まで飲み干すほどの鯨飲《げいいん》に、酒が間に合わぬほどでござる。さすがは芹沢先生。なにをしても大きい。鯨が面食らっておりますぞ。我らに

も、せめて芹沢先生にあやかれるように、盃をお分け賜りたい」

と調子のよい言葉を遣って、芹沢の大盃に対して、小さな盃を舐《な》めている。

野口はすでに酔い潰れ、平山、平間は腰が抜けている。

芹沢は依然として大盃を重ねているが、視野は朦朧《もうろう》としているようである。

平間が、まだ素面《しらふ》のような一に不審を抱き、

「お主、まだ素面のようだな。今夜は無礼講だ。お主も飲め」

と、一に盃を突きつけた。一は、

「充分に飲んでおります。拙者、飲めば飲むほど顔面が青くなり、素面のように見えるだけでござる」

と躱《かわ》した。

平間も充分にまわっており、一に押しつけた盃を取りこぼした。

盛り上がった座は、乱れに乱れ、芸妓に抱きついたり裾を捲くり上げたりして悲鳴を上げさせ、高歌放吟中抜刀して剣舞を舞う者もいる。

おだてられて大盃を重ねた芹沢は、さすがに酔い潰れて、豪快な鼾を掻き始めた。

だが、まだ意識は残っている。

土方、近藤、沖田らが視線を交わした。

暗殺計画に参加している者以外は、近藤派の微妙な目配せに気づかない。

いよいよ、暗殺の着手である。

「駕籠《かご》を呼べ」

土方は配下に命じた。

慰労会開宴の頃、すでに怪しかった空模様が本格的な雨となった。

芹沢やその取り巻きの腰が抜けたから駕籠を呼んだのではなく、雨に打たれて酔いが醒《さ》めるのを恐れたのである。

五つ刻《どき》（午後八時頃）、宴がお開きとなり、芹沢派には駕籠をあてがい、一般隊士で自力で歩ける者は歩き、腰が抜けた者は、歩ける仲間の肩を借りて屯所へ帰った。

だが、芹沢派の野口一人は悪酔いをして、島原に泊まった。

土方にしてみれば、狙った獲物のうちの一匹に逃げられたような気がしたが、無理やりに屯所へ運べば疑われる。野口一人であれば、いつでもどこでも始末できる。

駕籠に乗って屯所に送り届けられた芹沢は、お梅に迎えられ、私室に用意されていた寝床に転がり込んだ。

平山と平間は馴染《なじみ》の遊女を連れて帰って来た。

すでにへべれけになって正体を失っている平山と平間が、遊女を連れて帰って来たことに、正気を残している隊士たちは、泥酔しても女なしではいられぬ二人の執念に驚いた。

「その執念があればこそ、きゃつらには気を許せぬ」

と、山南が独りごちるようにつぶやいた。

ともあれ屯所に帰り着いた。歩ける平間を除いて、正体のない芹沢と平山を手取り足取りして奥へ運び込んだ。

近藤、土方、斎藤一、原田の四人は、前川邸で待機していた。

それぞれの部屋に担ぎ込んだ直後は、半醒半睡のはずである。少なくとも半刻《はんとき》（一時間）待てば、目を覚ます虞れがない。

（目を覚ませ。目を覚ましてくれ）

待機している一は、一心に祈った。

彼らが喉が渇き、水でも飲みに起きてくれれば、暗殺の機会を逸し、次の機会は、ほとんど失ってしまう。

一の祈る通りになれば、一にとって八方丸く収まる。

ようやく半刻経過した後、交替で芹沢派を監視していた監察方が報告に来た。

「芹沢は奥の十畳に、お梅と共に死んだように眠っています。平山は、芹沢とお梅が寝込んでいる十畳の部屋の真ん中に屏風《びょうぶ》を立てて、敵娼《あいかた》と共に白川夜船です。平間一人が遊女を連れて八木邸の家人の六畳の居室に、勝手に入り込んで寝ています」

「よし、念のため、四半刻《しはんとき》（三十分）待つ。合図と共に斬り込め。平間には手を出すな。狙いは芹沢一人である。だが、平山に目を覚まされるとややこしいことになる。我々が平山を押さえる。その間に芹沢を討て」

土方が命じた。

監察方の報告によると、芹沢の刀は床の間の鹿角の刀架にかけられているという。寝床から刀架まで少し距離がある。

それに比べて平山は、手を伸ばせば触れる枕許に刀を置いている。平山に刀を取らせぬように、まず平山を押さえる。

同時に、一が芹沢に斬りつける。まだ抵抗の余力を残していても、芹沢の手は床の間の刀架に届かない。

そして、四半刻が過ぎ、土方が行け《ゴー》サインを出した。

三　脱走した恋

ついにその時が来てしまった。もはや、どうじたばたしても芹沢を救えない。

監察方の報告どおり、十畳の間を仕切った屏風《びょうぶ》の前に敷かれた一組の蒲団《ふとん》に、男女が同衾《どうきん》している。

遊女も献酬に応じて酒がかなり入っており、室内には酒気と男女の体臭が濃厚にこもっている。

最先頭に位置する一を十畳の奥に送り込むと、沖田、土方、原田の順で平山の床を囲んだ。

チビクロは待ちかねていて、主人の気配を察知すると同時に、飛び出して来たのである。

しかも、主人と共に自分を可愛《かわい》がってくれるおじさま・おばさまの気を引こうとしたのか、鳴き声をあげた。

お梅の身体《からだ》が蒲団越しにもぞもぞと動き、芹沢の手が蒲団から伸びた。

屏風の向こうで平山を囲い込んだ沖田以下四人の刺客の耳にも、チビクロの声が入ったにちがいない。

(もはや、これまで)

「御免　仕《つかまつ》る。許してください」

一声かけると同時に、蒲団からはみ出した芹沢の肩を目掛けて刀を振りおろした。

血がしぶき、芹沢は獣が吠《ほ》えるような声をあげて蒲団から転がり出た。

だが、床の間の刀架にかけた刀に手は届かない。

第二刀を振りおろそうとした一の脚に、声を上げてお梅がしがみついた。

(お梅さん。許せ)

心の裡《うち》で詫《わ》びながら、お梅の身体を蹴飛ばし、逃げ出した芹沢の背に第二刀を浴びせた。

手応えは十分であったが、血煙を噴き上げながら、芹沢は隣室へ転がり込んだ。

チビクロが鳴きながら芹沢の後を追った。

その間、部屋の仕切りとなった屏風が蹴倒され、枕許《まくらもと》の刀を取り上げて迎撃しようとした平山の身体に、沖田、土方、原田、永倉の四振りの刃が集まった。

噴水のように血飛沫《ちしぶき》が噴き上げる中を、同衾していた遊女が悲鳴を上げながら蒲団から這《は》い出し、庭に転がり落ちた。

「女は斬るな」

土方の声があがったときには、平山はすでに血溜《ちだま》りの中に倒れて動けなくなっていた。

一方、芹沢はすでに抵抗力を失い、本能的に八木家の家族が寝ている六畳の隣室に、障子を蹴倒しながら逃げ込んだ。

隣室から女・子供の悲鳴があがった。

全裸に近い芹沢の身体は、血だるまとなり、障子の奥にあった机に躓《つまず》いて、敷いてあった寝床に転がり込んだ。

仰天した家人は、腰が抜けて動けない。

一が背後から芹沢に浴びせた止《とど》めの一刀の切っ先が余って、泣き叫ぶ子供の脚をかすった。

チビクロは鳴きながら屋内を走りまわっている。

そこに血刀を引っ提げた四人の刺客が駆けつけて来た。

芹沢にはまだかすかに息が残っていたが、動けなくなっている。

「止めを刺せ」

土方の声が響いた。

そのときすでに、芹沢の苦悶《くもん》を見るに見かねた一の止めの一刀が、心の臓を貫いていた。

血はもはやしぶかない。

同じ言葉を繰り返しながら、目尻から頬を伝う涙の粒が、芹沢の血と混合して、床にぽたぽたと落ちた。

(許してください)

チビクロは姿を消していた。

山南が、慌てて駆けつけた体で八木家の家人に頭を下げまわり、とばっちりを受けた子供の傷を応急手当していた。

廊下に隠れ潜んでいた平間が、抜身を振りまわし、

「強盗はどこにいる」

と怒鳴りながら、屋内から外へ飛び出して行った。

彼を追う者はいない。

土方が刺客団一同に引き揚げを宣した。
乱れた寝床の中に、血に染まったお梅が横たわっていた。
乱戦の中、身体各所を斬られて血だらけになっており、生死不明である。
平山の敵娼《あいかた》は逸早《いち》く逃げたらしく、姿が見えない。
一は、お梅が気になったが、騒動が近隣に広がる前に引き揚げなければならない。
刺客団は、八木家の家人に正体を悟られぬために、覆面をしていた。
事件はあくまでも強盗、ないしは尊攘《そんじよう》過激派の討ち込みに偽装しなければならない。
家の外は依然として密度の濃い雨が降りつづき、刺客団が浴びた血潮を洗い流した。
雨が流したものは、血だけではなかった。
粗暴ではあるが、心の奥は通い合っていた芹沢を騙《だま》し討ちにしたのは自分である。
お梅も乱刃の中、一の剣が斬ったのかもしれない。
ただ一度ではあったが、熱い唇を交わしたお梅との一瞬は、永遠である。
お梅、芹沢、一の三人の永遠を、一が裏切ったのである。
この裏切りは生涯、消えない。
チビクロはいつの間にか、一の私室に先に帰っていた。
チビクロは一の顔を見ると悲しげに鳴いた。チビクロは、芹沢とお梅の悲運を悲しんでいるようである。

一がチビクロの背を撫《な》でてやると、掌《てのひら》が赤くなった。チビクロも返り血を浴びていたのである。

一は、はっとして硬直した掌を、凝視《みつめ》ていた。

彼の掌を赤く染めた血は、芹沢とお梅のものにちがいない。

一は手を洗えなくなった。

目尻から頬を伝った涙が掌に落ちて、血の色を薄くした。

（芹沢先生、お梅さん、許してくださいとはもう言いません。私は三人の永遠を裏切りました。私は、この裏切りを生涯、自分の心身に刻みつけて生きます。そんなことをしても、なんのお詫び、贖罪《しょくざい》にもなりませんが、生涯の債務として、永遠の裏切りを背負ってまいります）

と自分に誓った。

チビクロは傍らで神妙に踞《うずくま》っている。

そして丸くなり、毛づくろいをした。

芹沢とお梅の血を、舌で拭い取っているのである。

刺客団が引き揚げた後、八木家は大騒ぎになった。

京都近隣の人々が駆けつけ、つづいて京都奉行所、所司代役人などが駆け集まって来た。

土方は、「どこを風が吹く」というような涼しい顔をして、

「押し込み強盗、あるいは食いはぐれた浪士集団、四〜五名が武装して、八木邸の塀を乗り越え、就寝中の新選組局長芹沢鴨、内妻お梅、及び助勤平山五郎の三名、抜刀してこれを殺害、その上、家人に金品を要求したものの、望むもの見当たらず逃亡仕り候」と報告した。

さらに「長州藩の過激浪士団によって暗殺された」、その後、「急病頓死」と、相次いで発表されたが、誰もそんな披露を信ずる者はいない。

事実、長州藩の刺客であれば、芹沢派だけではなく、近藤派にも損害が出るはずである。

芹沢派の崩壊により、新選組は近藤派の独裁政権になったのである。

当夜、八木家の家人は、主《あるじ》の細君と幼い兄弟、下男下女が在宅していただけであるが、細君も子供たちも、覆面をした押し込み団が、土方以下近藤派の幹部隊士であることを察知していた。

強盗団ならば、金品を強奪していくはずであるが、当夜の賊は金品をまったく要求

していない。
下手なことを言うと、現場に居合わせた家人一同が永遠に口を封じられるかもしれないという不安から、黙止していた。
翌々日、芹沢、平山の隊葬が盛大に行われた。
全隊士粛然として葬列に並び、会津藩、京都奉行所、水戸藩の要人、及び近隣の人々も、葬場があふれるほどに会葬した。
近藤勇が全会葬者を前にして、悲痛、涙痕、切々と胸を打つ口調で弔辞を朗読した。
――嗚呼《ああ》君、憂国慷慨《こうがい》、尽忠至誠の志厚く、粉骨砕身、遂《つい》に凶刃に斃《たお》る。いと悲しき限り、流涕《りゅうてい》尽くる所を知らず。君の武勇の誉《ほまれ》は隠れもなく、その比類なき誠忠と豪勇を以《もっ》て天朝尊崇《てんちょうそんすう》、大樹公の藩屏《はんぺい》たり。（中略）
いま君を野辺の送りに付する我ら隊士の万斛《ばんこく》の悲嘆をなにに譬《たと》うべけんや。しかれども生きて君、禍《わざわい》を免れずといえども、肉体に死して霊に生きなむ。現世に死して天《てん》壌無窮《じょうむきゅう》（永遠）に生きよ。（後略）
新選組局長　近藤勇
同隊士一同――
真相を察知している者には、なんとも噴飯《ふんぱん》ものの弔辞であるが、近藤の切々たる告別の言葉は隊士たちの胸を打った。

直接自らの手を赤く汚した沖田、永倉、原田は目を赤くしていた。

中でも斎藤一は、近藤の弔辞の中の「現世に死して天壌無窮に生きよ」の一言が、胸を深く衝《つ》いた。

（自分勝手の解釈であるが、芹沢も、お梅も、肉体に死して霊に永遠に生きているにちがいない）

と、一は自分に言い聞かせた。

近藤の弔辞は作り物であったが、一の涙は本物である。彼の耳には、「やめて」と訴えたようなお梅の切ない声が刻み込まれている。

会葬後、棺《ひつぎ》は墓地へ向かった。

全隊士、及び会葬者全員が参加して、墓地と屯営を結ぶ長大な葬列となった。

それは単なる新選組の隊葬ではない。威風堂々、新選組の強大な軍備を見せつける示威《じい》葬であった。

芹沢の盛大な葬儀に比べて、お梅は行路病者のように、盛大な隊葬から放り出された。

お梅の元の家「菱屋」に遺体の引き取りを求めると、

「あの女は当方の養女ではございましたが、芹沢先生に譲与しましたる者、そちらさまで、どのようにでも処分してくださいませ」

という、味も素っ気もない返答であった。

菱屋にしてみれば、芹沢と不義を働き、そのまま芹沢と同棲《どうせい》した女の死後の始末まで引き受けられないという言い分である。

菱屋は不義と言うが、元は店の集金に新選組屯所に行かされて、芹沢に手込めにされたのである。

菱屋の仕事を遂行中に芹沢に奪《と》られたのであり、そのとき菱屋は、お梅を取り返すために、なんの行動も取らなかった。

だが、いまさら、そんなことを言っても仕方がない。

一は土方に、

「手込めから始まった二人の仲ですが、好き合った仲であったことは確かです。芹沢先生の墓所に、共に埋葬してはいかがでしょうか」

と提言したが、土方は首を横に振り、

「ならぬ。いやしくも新選組局長たる芹沢先生の墓所に、菱屋の主が妾《めかけ》として買い取った、氏素性不明の売女を、共に葬ることはできぬ。新選組の名誉にも関わることである」

と事務的に言い渡された。

その場に居合わせた近藤は、一に同情的な顔を見せたものの、黙していた。

政治は近藤、土方が戦いの実施、隊の実務の掌握と、新選組の運営を分担している以上、嘴《くちばし》は挟めない。

沖田、永倉、原田など、芹沢暗殺に参加した刺客たちも、お梅の死後の始末に同情を示していたが、いまや隊の中で圧倒的な実権を握っている土方に、異議を申し立てられない。

土方の前からすごすごと引き下がったものの、一は、お梅の死後の始末こそ、彼が背負った人生の債務の一部分であることを自戒した。

そして、隊務の余暇を割いて、芹沢の墓所の近くに、お梅を弔う場所を探した。

都の郊外には寺が多い。

屯所近くの寺を探し歩いて、ようやく壬生寺の近くにあった古色蒼然《そうぜん》たる寺を見つけて交渉したところ、

「喜んで、仏を入れましょう」

と、住持から有り難い言葉をもらって、お梅を埋葬することができた。

開山は古く、創建者は不明である。

この古寺は芹沢の墓所に近い。

一は、蓄えていた隊士の給金を差し出して、死者の菩提《ぼだい》を頼んだ。

気がよく正直そうな住持は、

「こないな大枚の弔い金は受け取れへん」

と、弔い金を一の前に押し返した。

弔い金は何度か二人の間を往復した後、

「これでは埒《らち》があきまへん。ひとまず、拙《せつ》がお預かりしておきましょう」

と、住持がようやく受け取ってくれた。

「拙い文字ではござるが、故人の冥福を祈り、拙が詠んだ歌ではありませぬが、天下の名妓吉野《よしの》太夫と灰屋紹益《はいやしょうえき》との恋を詠った、

――戀《こひ》そむるその行く末はいかならん
　今さへ深くしたふ心を――

の一首を献じとうござる」

と書いた懐紙を、住持に差し出した。

「大切にお預かりいたします」

と住持は、献歌をしたためた懐紙を恭しく手に取って差し上げ、祭壇に置いた。

一は入隊前、遊んだ祇園《ぎおん》の遊女から、この歌をおしえてもらった。

なにげなく懐中に入れていたが、入隊後、芹沢とお梅の不倫ならぬ運命的な出会いに、いかにも即した恋歌と思って、大切に保持していたのである。

住持に見送られて古寺を後にしたとき、一は背負っていた人生の債務が、少し軽くなったように感じた。


一口に千年の歴史が凝縮しているといわれる京には、長い歳月をかけて磨き上げられた美しい結晶が鏤《ちりば》められている。

京が発する音は史音であり、歴史が香り立つ。

古家一軒、市民の話し声やめりはりのきいた四季の循環、樹木一本、一草、叢《くさむら》に埋もれている石碑や、忘れられた首の無い地蔵、すべて歴史に包まれている。

夏の祇園会の開幕を筆頭として、京の街を飾るイベントの数は全国一である。

秀吉から政権を奪った家康の拠点として形成した江戸情緒と異なり、京では破壊の痕跡すら歴史の部分となっている。

徳川の布《し》いた鎖国制度が覆され、諸外国に向けて開国の方針に改められた。二百六十年にわたる平和の歴史は破壊されたが、それも歴史の大きな破片のひとつに過ぎないのである。歴史がさらに大きな歴史に包まれている。

近年、志士を称する者たちは、単純に異国を毛嫌いし、外国人を禽獣夷狄《きんじゆういてき》と称《よ》び、ヘイトコールを口にする。井伊大老の暗殺後、幕府の威勢の衰えに乗じて、諸外国の圧倒的な軍事力も知らずに単なる精神主義を唱え、尊皇攘夷《じょうい》を主張している。

特に薩長土《さつちょうど》（薩摩藩・長州藩・土佐藩）、西南大藩が朝廷、及び公家を唆《そそのか》し、いつの間にか朝廷が幕府を掣肘《せいちゅう》するようになっている。

そのような流動する歴史の中で、新選組は正規軍にはない機動力を発揮して、落日の幕府を大いに扶《たす》けた。

芹沢一派を駆除した新選組は、近藤・土方に統率された実戦部隊となり、京都市中に君臨した。

朝廷は攘夷派から公武合体派へと移変しつつあり、尊攘派の巣である長州藩が京から追い出され、尊攘過激浪士団は置き去りにされた形になった。

この間、尊攘、佐幕の衝突が減り、都は久しぶりに束《つか》の間《ま》の静かな安定を得た。

だが、それは嵐の前の静けさであった。

束の間ではあっても、都本来の悠久の歴史に包まれた幻想的な風景の奥から、幻聴のような史音が聞こえてくる。

白刃の斬り結ぶ音もなく、路上や河原に斬り刻まれた死体も消え、血の臭いは時雨のような時雨《しぐれ》によって洗われ、新緑に彩られた街は、芳しい香りが血の臭いを吸収した。

道行く通行人も、顔の輪郭が霧雨に烟《けむ》り、やわらかく《ソフトフォーカス》なっている。

新選組の見廻りも、祭りの行列のように穏やかにゆったりとして見える。

隊士たちが好んで履く高下駄が、時雨の中にぴたりと適合している。

時折、目抜き通りで、新選組の行列と尊攘浪士たちが出会っても、互いに道を譲り合うような形ですれちがって行く。

その光景を、蛇の目傘を傾け、白い脛《はぎ》が覗《のぞ》くように裾をからげた若い女性が、うっとりとしたように見送っている。

束の間の休戦であることを知っていても、これが都の各種風習の中で、最も都らしい人間的な光景であり、京の奥行の深さを示すものであろう。

京の住人は、長い歴史における政権の交替に馴れている。また、それだけ時の政権に、通過する台風のように対応している。

今の休戦は嵐の前の静けさか、台風の目の中にいるようなものかもしれない。

梅雨が明け、京の夏が開く。

旧暦六月七日、京の行事中、最もスケールの大きな祇園会が開幕する。

旧暦六月六日は宵山《よいやま》となる。

祇園会が近づくにつれて、置き去りにされた尊攘志士たちの動きが活発になった。

間《タイミング》の取り方を合わせたかのように、肥後尊攘派の指導者と目されている宮部鼎蔵《みやべていぞう》の下僕が、新選組の網に引っかかった。

下僕の顔を知っている隊士がいたのである。

下僕忠蔵《ちゅうぞう》の居る所、近くに必ず宮部鼎蔵が潜伏している。

土方は、下僕を泳がせて、監察隊士に尾行させた。

宮部を捕捉すれば、京に潜伏している尊攘過激浪士団を、一挙に破壊できる。

こうして忠蔵は、水も洩《も》らさぬような網に囲まれた。

昨年の政変で京から追放された長州藩は、深い屈辱を蓄えていた。

現在の京の政情は、帝を会津藩と薩摩藩で独占していた。

特に当代の帝は、会津藩主松平容保と馬が合い、ことあるごとに容保を呼んだ。

それを長州は、会津が帝を籠絡していると見ていた。

要するに、いまの朝廷は会津の傀儡《かいらい》である。帝を会薩《かいさつ》（会津藩と薩摩藩）から取り戻さぬ限り、日本は亡《ほろ》びると断定していた。

帝を長州に取り戻されれば、会津の出る幕はなくなる。

長州の動きを阻止するためには、まず宮部を押さえなければならない。

長州にとって宮部は、帝奪回の橋頭堡《きょうとうほ》である。

宮部を押さえれば、長州は目を失ったことになる。

なんとしても宮部の身柄を確保しなければならない。

そのためには忠蔵から一瞬たりとも目を離せない。

八方に監察の手をのばしたところ、「尊攘派が怪しい企みを進めている」という情報が入った。

「怪しい企みとは、なにか」

「まだ確認はされていませんが、風の強い夜放火して、その混乱に紛れて御尊体《ごそんたい》を長州で確保、遷座させたもう、というような流言が飛んでいます」

報告を聞いた土方は、いまや一刻も早く宮部を押さえなければならないと焦った。

第二報が来て、忠蔵が西木屋町四条上ルの一劃《かく》にある「桝屋《ますや》」という炭屋に入ったと伝えてきた。

土方は待っていたとばかり、直ちに桝屋を押さえるべしと立ち上がった。

それを時期尚早と抑えたのは、山南である。

「せっかく尊攘派の隠れ家を見つけても、直ちに手入れをすれば、大魚を逸する虞れがある」

と引き留めた。

「いまや一刻の猶予もできぬ。忠蔵は敏感な奴だ。我らの尾行に気づいて、桝屋に潜伏している宮部鼎蔵に、逃げろと訴えているのかもしれない」

と土方は一歩も譲らなかった。

その場に居合わせた斎藤一や永倉、沖田、原田なども、時期尚早と山南の意見に賛同した。

土方は近藤に相談したが、近藤は少しためらった後、土方を支持した。

八・一八政変以後、尊攘派の中核・長州が都から追い出され、市中見廻りの回数も多少少なくなって、隊士たちは暇になっていた。

尊攘派の怨みを集めている新選組は、隊士の単独行動を禁じていたが、幹部隊員や隊士たちは勝手に市中に遊びに出ていた。

そんな中、一はチビクロを懐に入れて市中を散歩した。

チビクロは懐から飛び出して、勝手に走りまわった。

平素、屯所の中に閉じ込められているので、市中が珍しいのである。一の視野の中で走りまわり、疲れると一の懐に戻って来る。犬のように紐《ひも》は付けていない。

鴨河原でチビクロを遊ばせていると、いつの間にか別の猫と一緒に戯れ合い、走り合っている。

チビクロが黒いのに対して、別の猫は白地に心臓《ハート》型のような黒い毛が生えている。チビクロも相手の猫も、広々とした河原で出会った友達と、自由を満喫しているようである。

時折、口笛が吹かれて、友猫が走り帰る所に一人の若い武士がいた。彼が白黒心臓型の飼い主らしい。

先方も、チビクロの主が一であることを察知したらしい。

二人はいつの間にか肩を並べて河原に腰を下ろしていた。

若く理知的で穏やかな顔をしているが、面擦れから道場で鍛えたとわかる筋骨逞《たくま》しい体格である。

二人の間で自然に会話が弾んでいた。

それぞれの猫が仲良くなったように、二人の飼い主の間では、名乗り合う前に会話が弾んでいる。

九州の訛《なま》りが少し残っているが、教養のある武家言葉を遣う。

「穏やかな日ですね。こげん日が毎日つづけばよか……」

と彼は言った。

「同感でござる。人はなぜ争い合うのか。主義主張が異なろうと、話し合えば必ず一致するか、あるいは譲り合えるのに……」

「仰せの通りにござる。人はみな、人の数だけそれぞれの考えや意見というものを持っちょる。人生、一度限り。それぞれの意見を角《つの》にして突き合う前に、角を丸めて譲り合い、助け合えば、一人ではできぬことが達せられ、人生を二倍にも三倍にも、また無限に拡げ、それぞれの夢を実現できるものを……」

「お言葉の通りでござる。ただがむしゃらに自らの考えや意識のみを、我を通して貫けば、拡げるどころか、互いに持てるものを削り合い、そして無にしてしまいます」

「お、お、我々の猫二匹が丸くなって昼寝しております」

「穏やかで温かく、柔らかい寝床を、二匹が協力してつくりましたな……」

二人の間に、そんな会話が楽しくつづいていた。

涼しい風が河原を吹き流れ、季節の花の香りを運んでくる。

鴨川の流れのように楽しい時間が二人の間をゆったりと流れている。

子供連れの市民が川遊びをしている。

犬の散歩に付き合っている飼い主も見える。

犬が来ても、丸くなって昼寝している二匹は、身動きもしない。協力してつくった寝床を信用しているのであろう。

その同じ河原で、人は、それぞれの正義を主張した刺客に暗殺されて、梟首《きょうしゅ》されたのである。

刺客は天誅《てんちゅう》、あるいは朝敵《ちょうてき》を討ったと主張しているが、いずれにも正義はない。

「つい楽しゅうて、話しこんでしまいました。主の名は故あって秘匿いたしますが、拙者も名無しの権兵衛、またお会いいたす機会もございましょう。ご貴殿と出会い、新しい窓が開いたようでござる」

「拙者こそ、ご貴殿と出おうて、世界が広くなったように感じます。人は人を信ずればこそ、生き甲斐《がい》のある人生という海を渡れます。いまは理不尽な時代。いつの日か人間の叡智《えいち》が、人が信じ合える世にするでしょう」

それぞれの猫が懐に帰り、二人は堅く手を握り合って別れた。

いずれも名前も素性も交換しなかったのは、両者共に敵性の組織に所属していることとを察知していたからであろう。

だが、組織を構成する部品のような人間同士は、必ずしも敵性ではない。生きている部品は、それぞれの意識や思想や能力などを持っている。

一人では生きていけない理不尽な世が、組織に忠誠を求めさせ、敵性戦力を凌《しの》ぐ軍事力を持たせようとしている。

一は鴨河原の出会いによって、組織を組み立てる小さな部品から、久しぶりに人間に返ったような気がした。

鴨河原の出会い以後、尊攘志士の蠢動《しゅんどう》が著しくなった。

都から追放された長州藩は、「怨《うら》みを闕下《けっか》（宮門の下）に晴らす」とばかり、失地回復を狙って、焦っている。

そして、桝屋が長州藩の都における橋頭堡として、新選組の監視下に入った。

時期尚早を唱えた山南は、総長というのは名前だけで、新選組における発言力をほとんど失ってしまった。

斎藤一や永倉、原田などは時期尚早派であったが、土方の圧倒的な勢力に押さえ込まれていた。

土方の前半生は社会の最底辺に押し込められ、夢や理念は社会的構造に押しつぶされていた。それが上洛《じょうらく》という昇龍の雲を得て、時代錯誤の逆流に自らを置いて本来の野望（世に出る）を達成しようとしたのである。自分に逆らう者は、絶対に許さない。芹沢派の壊滅後、土方はいまや、新選組の政治を仕切る近藤を超えて、軍事力を完全に支配していた。

幕府随一の戦闘集団を西南諸藩は恐れた。

時期尚早の反対意見を押し切って、土方は全力を挙げて桝屋を見張り、監視の網を張った。

祇園会の賑《にぎ》わいに紛れて、尊攘派の動きが激しくなっているという情報が入った。その情報を裏書きするように、桝屋の店主喜右衛門《きえもん》の出入りが激しくなっている。

六月四日夜、喜右衛門が店に帰って来た。

これ以上は待てないと、土方は五日早朝、桝屋の捕縛を決意した。

宮部の姿は確認できないが、これ以上は待てない。

下手をすると、新選組の網が察知されているかもしれない。

ともあれ喜右衛門を捕縛して口を割らせれば、宮部以下、主なる尊攘浪士を一挙に捕縛できる。

土方の討ち入れサイン《ゴー》と共に、隊士は表戸を打ち破り、一気に屋内になだれ込んだ。

抵抗はまったくない。

喜右衛門は寝床の中にいたが、落ち着いて縛《ばく》についた。

使用人は喜右衛門の正体について、なにも知らなかった。

喜右衛門はその場で尋問されたが、

「自分は商人、それ以外のことはなにも知りませぬ」

の一点張りを通した。

喜右衛門はその場から壬生の屯所へ連行され、凄《すさ》まじい拷問にかけられた。

あまりにも非人間的な拷問を見た山南が、「これが人間のすることか」と阻止しようとしたが、土方はせせら笑って、拷問をつづけた。

土方は、ひと思いに殺さず、長い時間をかけて、最大限の苦痛を持続させた。

その場に居合わせた一以下沖田、原田、井上などは、見るに見かねてその場を外した。

永倉は居残り、鬼気迫る拷問の実況を書いていたが、耐えられずに現場を離れた。

芹沢暗殺以後、土方は変わった。

近藤に政治を任せて、土方は実戦部隊長として、幕府最強の戦闘集団の最先頭に立った。

近藤は局長として幕府との連結役で満足していたが、幕府最強戦闘集団の指揮権を握った土方には、将軍や老中たちすら実戦力において及ばない。

新選組はいまや幕府や会津藩の道具ではなく、江戸から京に移った政争に決定的な影響力を持つ実戦部隊の指揮者が、理論を超えて圧倒的な権力を持つ。

土方はいまや、近藤子飼いの試衛館の門弟から天下の実力を握る者に変わっているのである。

日の出の勢いの土方の狙いは、京に潜伏している尊攘志士を根こそぎにして、西南諸藩を去勢することにある。

彼らは正規軍隊を持っていても、新選組のような機動的な戦力はない。

そして、いま都においては機動力が、大藩の正規軍よりも実施可能な戦力となる。

土方は、まさにそこを狙っていた。

幕府という落日が没する前に、時代に逆流して都の覇権を握り、落陽を引き上げる勢いを持っている。

土方は今日、百名の浪士団の団長ではなく、都の軍事的支配者といってよい。

新選組反主流派の長として、山南が、時の逆流に乗った土方の暴走を阻止しようとしても、総長という名前だけで、なんの権限もない。

新選組の幹部隊士も、江戸の千葉道場で北辰一刀流の免許皆伝、深い教養、思慮深く、温かい人間味を持つ山南に私淑する隊士は多かったが、土方の前ではいずれもなにも言えなくなった。

土方は、幹部隊士にとっても、試衛館時代の同志ではなくなっている。同志の集団では、軍としての縦型階級組織がなく、同等の仲間が寄り集まっただけである。

単に同格の者が寄り集まった集団では、忠誠を誓うべき主君もいなければ、城主もいない。

土方は、水平型人間関係が遊びにはよくても、戦闘集団とはならないことを知っており、集団中の同格芹沢以下、取り巻きを消して、縦型集団の凝集力の中心となったのである。

そのために集団員を縛る規則を手前勝手に制定し、これに背く者は容赦なく粛清した。

集団の団結のために、忠誠を誓わせただけではなく、恐怖政治をもって団員（隊士）を服従させたのである。

土方は隊士にとって対等の仲間ではなく、粛清という恐るべき権力を握った最高権威者であった。

非人間的な拷問を目の前に見せられても、どうにもならない。山南が阻止しようとしても、せせら笑って動じない。

生かさず殺さずの境界で執拗《しつよう》につづけられる拷問に、ついに耐えきれず、喜右衛門は全面自供に至った。

喜右衛門の正体は古高俊太郎《ふるたかしゅんたろう》、尊攘派の連絡管《パイプ》の中枢であった。

古高の自供を聞いた土方以下は、愕然《がくぜん》とした。

彼の自供によると、尊攘派は六月二十日前後を期して、強風の夜を選び、市中に放火し、御所を焼討ち、急参する佐幕派の諸大名・公家を途中で待ち伏せ、一挙に葬り、混乱に乗じて帝を長州へ移奉するという。

一方、潜伏していた尊攘志士団は、古高の逮捕に顔色を失った。宮部は古高奪還のために、在京同志を招集して全体会議にかけることにした。

宮部はまだ古高が自供したことを知らない。自供前に、なんとしても古高を奪還しなければならない。

宮部はその会場として、三条小橋西河原町の旅宿「池田屋」を選んだ。

志士の集合場所が池田屋とは古高も知らず、土方の耳に入っていない。彼は監察方

の全員を呼び集め、

「市中の、特に便がよく、集まりやすい旅宿をすべて探れ。長州藩邸に近い三条通りが最も怪しい。木屋町、二条通りも油断できない。抜かるでないぞ。行け」

と命じた。

彼らの計画が成功すれば、都の情勢は一朝にして覆される。

だが、土方が報告して応援を求めた会津藩や所司代は、さして驚かず、動く気配はなかった。

要するに、新選組に任せるという態度である。

古高の自供を実際に聞いていない彼らは、さしたることではないと聞き流していた。

「新選組だけでやる」

会津藩の悠長な態度に業を煮やした土方は、決断した。

隊士全員を総動員して志士の集まる会場に討ち入れば、尊攘派の大陰謀を一挙に叩き潰せる、と自信を持っていた。

土方は、尊攘志士は集まってもせいぜい五十名前後、我が方の戦力を総動員すれば百名、白兵戦に馴れた新選組の勝利は目に見えている、と踏んだ。

新選組の必死の探索の結果、三条縄手の「小川亭」、木屋町三条上ルの「四国屋」、三条小橋の西「池田屋」の三ヵ所が怪しいという報告が届いた。

三軒のうち最も可能性の大きいのは、小川亭である。ここの女将《おかみ》と姑《しゅうとめ》は、肥後藩御用達の家柄（旅館）であり、尊攘派贔屓《びいき》である。

第二は池田屋であるが、長州藩邸から近く、その常宿になっている。二階建ての小さな旅館であり、会議の収容力は三十名、ぎゅうぎゅう押し詰めても五十名が限界である。

監察方が全力を尽くして探っているが、小川亭、池田屋、いずれとも断定できない。あまりに深く忍び入って尊攘派に捕まれば、獲物を一挙に逃がしてしまう。

「これ以上の監察は無用。二手に分かれ、小川亭と池田屋を同時に襲う。全体会議が二ヵ所に分かれるはずはない。討ち入って会場が判明すれば、直ちに合流する。抜かるな」

土方は隊士を集めて訓示した。

重ねて援軍を要請したが、会津藩は、一向に動く気配がない。

最小限の兵力を残し、襲撃部隊は、準備拠点を祇園会所に移した。そこで完全武装に改め、会津藩の応援を待った。

総長職の山南が留守部隊に残された。すでに政権を握った近藤・土方に、無用の存在にされたのである。

だが、貴重な時間が刻々と過ぎても、応援の気配は依然としてなかった。

「これ以上は待てぬ」

しびれを切らした土方が、ゴーサインを下した。

この日、斎藤一は池田屋にまわされ、長州藩邸から駆けつけて来る応援を阻止し、屋内から逃げ出して来る志士たちを斬る役目を命じられていた。

一は、新選組の総力を挙げての小川亭・池田屋の襲撃に、気が進まなかった。恐れたのではない。

市中の河原で、二匹の飼い猫の主としての談義から、平和で自由な世の到来について語り合った楽しい時間が忘れられない。

そして、それぞれの氏名や素姓は交換せずに、理想的な世で再会する永遠の約束をして別れた。

一期一会の出会いであったが、決して忘れられない貴重な出会いであった。

あのとき再会を約して別れた永遠の友が、いま襲撃しようとしている敵性集団の中にいるような気がする。

わずかな時間であったが、束の間の人生を共有して、理想的な未来での再会を約束した永遠の友と、こんな残酷な再会はしたくない。

自分が帰らぬときはチビクロを残してきた。

屯所にチビクロを残してきた。
もし心の永遠の友が、これから討ち込む敵性集団の中にいるとすれば、ミイと呼んだ白毛に黒い徴《しるし》を備えた飼い猫も、親しい者に託してきたのであろう。

仮に、飼い猫同士だけが再会したとすれば、飼い主はこの世にいない。

屯所を出るとき、「私が帰らぬときも決して鳴いてはいけない」と言い聞かせたチビクロは、山南に抱かれて鳴きつづけていた。

永遠の友も、ミイと呼んでいた猫とそんな別れ方をしてきたのかもしれないとおもうだけで、一は戦闘配置点から逃げ出したかった。

そのとき、池田屋の前を通りかかった眼光の鋭い、引き締まった身体の武士が、さりげなく一のほうに視線を向けて、目が合った。

一瞬、正体を見破られたかとおもったが、武士は目を逸《そ》らし、長州藩邸の方角に立ち去った。長州藩士かもしれない。

一は、その武士が桂小五郎《かつらこごろう》、後の木戸孝允《きどたかよし》であることに気がつかなかった。

一方、小川亭に向かった土方率いる本隊は、そこが蛻《もぬけ》の殻であることを確認した。

も、絶対的に寡兵である。


「しまった。池田屋へ走れ」

土方は歯噛《はが》みをしながら、すでに池田屋の方角に向かって走り始めていた。

敵の兵力は三十名〜五十名、小川邸を〝本陣〟と睨《にら》んで、池田屋には近藤以下五人が行っただけである。一は屋外での見張りにされている。いかに一騎当千であっても、絶対的に寡兵である。


ほぼ同じ時刻、近藤勇以下五名が、池田屋に踏み込んだ。

「新選組である。宿改めいたす」

と呼びかけた。

奥から出て来た店主は仰天して、腰を抜かして、口を動かすだけで、声が出せない。

二階では賑やかに酒宴が始まっている気配である。

そこへ左手にある階段を、女中が空になった食器を載せた盆を捧げて下りて来た。

物々しい新選組の姿を見て、女中は悲鳴を上げて盆を落とした。

宴たけなわの二階では、女中の悲鳴と食器の壊れた音を聞きつけた者が、なにごとぞ、と押っ取り刀で立ち上がり、障子を開いた。

そこへ駆け上った新選組五名と鉢合わせをした。

一瞬、真空のような静寂の後、空間が炸裂《さくれつ》した。

討ち入った五名は蒼白になった。境の襖《ふすま》を取り払った宴席には、少なく見積もっても二十名は犇《ひしめ》いている。

我が方はたった五人、本隊が駆けつけて来るまで、四倍に勝る敵の兵力と向かい合わなければならない。

「飛んで火に入る夏の虫だ。押し包んで一気に片づけろ」

「一人たりとも生かして帰さぬ」

新選組がたった五名と知ると、志士団は、舌なめずりしながら気負い立った。

「背中を合わせろ。耐えろ。本隊はすぐそこに来ている。歯を食いしばって耐えろ」

近藤が叫びながら、行灯《あんどん》を蹴倒した。

火が踏み消され暗黒となった空間に刃《やいば》が走り、絡み合った鋼《はがね》のにおいが鼻腔《びこう》を突いた。

我が方は決定的に寡数であるが、刀を振るえば確実に敵の身体に当たった。

鋼に混じって血のにおいが広がった。

彼我いずれの血とも不明であるが、志士団は、蒸し暑い夏の夜の宴席とあって裸同然であり、新選組は厚い着込みを重ね、鎖（鎖帷子《くさりかたびら》）を着込んだ充分な戦闘服である。

志士の重傷が新選組は打撲傷にとどまる。

「斬るな。突け」

暗闇の奥から冷静に戦闘を観察しているらしい軍師格が、突きに弱い新選組の着込みを見抜き、効果的な応戦を指揮した。

兵力は圧倒的に志士団に有利であるが、隊士の十分な武装が、辛うじて寡数の兵力を補っている。

だが、兵力四倍以上とあっては酷《きび》しい。

「落ち着け。敵は寡数なるぞ。一人一人分断し、押し包んで斬れ」

軍師は冷静な指示を加えた。

相討ちになって志士団は血を噴き、新選組は寡数ながらよく戦ったが、乱戦のうちに連携が取れなくなっている。

このままいけば一人一人押し包まれ、まさに搦《から》め捕られてしまう。

襖が踏み倒され、障子は蹴破られ、血飛沫が戦う両者から床、壁、天井にまで跳ね上がる。

彼我の血が入り交じっているが、志士団の血が多い。

新選組は厚い着込みに守られているが、寡数の上に動きが鈍いため、斬り立てられている。

多数対寡数の戦いでは、寡数が常に動きまわらなければ、四方を囲まれる。同時に斬り立てられれば、厚い武装も無意味になる。

稽古と実戦で鍛え上げた沖田の天才剣が、志士たち多数の血を吸ったが、体力は限界にきていた。体内に隠していた病いが、沖田の重石《おもし》になっている。

沖田の動きが鈍くなったのを察知した志士団の遣い手が、いまこそ勝機とばかり取り囲んで、円陣を縮めた。

平素ならば躱《かわ》せるはずの陣形に対応しようとした矢先、沖田の足が床の血溜りに滑った。

滑りながら志士団の臑《すね》を払い、一人の戦争能力を奪ったが、他の三人が後《ご》の先《せん》を取って剣を集めた。

沖田は転がりながら集剣を避けようとしたが、数ヵ所斬られている。致命傷ではないが、立ち直る体力はなかった。

（もはや、これまで）

と覚悟を定めたとき、永倉が援護した。

永倉自身、満身に血を浴び、利き腕を深く斬られていたが、さすが千軍万馬の強者《つわもの》だけあって、永倉の介入にうろたえた志士団を、旋回しながら斬り払った。

その間に沖田は体勢を取り直した。

「落ち着け。壬生浪《みぶろ》は限界にきている。広いところに連れ出し押し包め。逃げるふりをして庭へ誘い出せ」

軍師の的確な指示が飛んだ。

戦場は広ければ広いほど多数派に有利である。

さすが志士団の首謀者になるだけあって、戦勢を明確に見ている。

「怪我《けが》を気にするな。さしたる傷ではない。敵は五人。我が方は四倍、突いて突いて突きまくれ」

軍師は落ち着いた音声で言い渡した。

いまや無傷で奮闘しているのは近藤（勇）一人であり、沖田、藤堂、永倉、（近藤）周平は、いずれも浅からぬ傷を負っている。

近藤の威勢よい声が他の四人を励ましているが、それも時間の問題である。

永倉の援護によって沖田は立ち直ったが、藤堂が重傷を負い動けなくなった。

藤堂はすでに戦闘能力を失っていた。

得たりとばかり数人の志士が二人を取り囲み、刃を集めた。

「背を低くして足を払え。俺の傍《そば》から離れるな」

永倉は絶叫したが、彼に向かい合った志士はかなりの遣い手であり、傷ついた永倉を斬り立てている。

もはやこれまで、と覚悟したとき、

「待たせたな。新選組本隊これにあり」

池田屋全室に轟《とどろ》く土方の大音声が聞こえた。

土間に立ち入口を塞いでいた志士数名が盛大な血煙を噴き上げた間から、血刀を提げた土方以下、原田、井上、谷三十郎《たにさんじゆうろう》らの一騎当千の頼もしい隊士が駆け込んで来た。

戦勢は一転した。

五人の隊士たちだけでも持て余していたのに、土方率いる本隊の猛者連が押し寄せたとあっては、もはや志士団に勝算はない。

二階の奥の間に立って指示していた宮部は、覚悟した。

すでに多勢の志士が死亡、あるいは戦闘能力を失っているところに、新選組の全兵力が駆けつけたとあっては、絶望である。

一方、池田屋の表に立って、長州邸からの応援を阻んでいた斎藤一は、池田屋内部の騒ぎから近藤以下五人の悪戦苦闘を察した。

(近藤さん、総司、永倉、藤堂、周平《しゅうへい》の方々、生きていてくれ)

走りながら祈った。特に永倉の安否が気づかわれた。永倉の代わりに池田屋屋内に討ち入りたい。いざとなれば土方の命に背くつもりでいた。一は結局見過ごすことができず、命じられた所定位置から離れ、池田屋の二階に斬り込んだ。

圧倒的多数の志士団に対して、五人の苦戦を支援して志士団の一人と刃を交えたとき、その志士の凄まじい刃勢に驚嘆した。

剣客揃いの新選組の中でも自分と対等に交える剣を持つものは、沖田総司以外にはないとおもっていた。

いや、沖田も体力不十分で、危ないかもしれない。

乱戦の中で二人は鎬《しのぎ》を削った。鍔《つば》迫《ぜ》り合いに入ったとき、相手から「ご貴殿」と声をかけられた。

「ご貴殿は鴨河原で……」

一は、相手の声と顔におぼえがあった。

鴨河原で会い、それぞれの猫と共に心に沁《し》み入るような言葉を交わした、楽しく充実した時間をおもいだした。

あのときの猫の飼い主と刀を交え、鎬を削っている。

刀は交えたままだが、互いに力は消えていた。双方が隙を狙えば、確実に相討ちとなるであろう。

だが、二人は、互いの殺意を相手に委ねながら、刀を交えたままである。相手を斬るために刃を交えているのではない。二人にとっては友好の徴《しるし》であった。

（なぜ人間は殺し合わなければならないのか）

と、猫を抱き、河原に腰を下ろして語り合った言葉が甦《よみがえ》った。双方共に知り合ったばかりの相手を尊敬して別れた。

まさに一期一会の出会いであった。互いに名前は知らない。だが、心の奥は分かち合っている。

血がしぶき、人が次々に死んでいく中で、二人は刃を交わし、不動のまま立っていた。

一見、命の取り合いのように見えるが、二人は血腥《ちなまぐさ》い戦場で友情を交わし合っているのである。

なんたる運命の皮肉か。

驚きの声はあげたものの、目と目が会話している。

（チビクロ殿はお元気でござるか）

（ご貴殿のミイ殿はいかがお過ごしか）

二人の会話は、見つめ合う目から始まった。

そのとき、土方の大音声が入口の方から聞こえてきた。

「ご案内仕《つかまつ》る。拙者の後を従《つ》いて来られよ」

一は、初めて低い声を発した。

「拙者、自分一人だけ生き残るつもりはござらぬ。ここで貴殿に出会えたのは望外の宝。冥土によい土産ができました」

と、ミイの飼い主は答えた。

「なにをおっしゃるか。貴殿が死ねば、だれがミイの面倒をみるか。ご貴殿はここで死んではならぬ。いずれ、この理不尽な世の中は終わり、ご貴殿を必要とする世が生まれる。そのために、ぜひ生き残ってもらいたい。拙者、案内仕る」

「拙者の名は朝倉英之進《あさくらえいのしん》、ミイは京の住人に預けております」

「ミイは、ご貴殿でなければ生きていけぬ。拙者のチビクロも同じでござる。時間がありませぬ。問答は後にして、拙者の後を従いて来られよ。ご貴殿もおっしゃった、こんな莫迦《ばか》げた世相の中で死ねないと……いざ……」

一の言葉に返答する間も与えず、土方の本隊が殺到する前に、一は池田屋の裏手から迷路のようにつづく路地を縫って、朝倉を戦闘圏内から安全圏に連れ出した。

ここまで来ると会津藩、所司代、奉行所の目も届かない。

「拙者とミイの生命《いのち》を救ってくださり、御礼の言葉もござらぬ。されど、ご貴殿の立場が厳しくなるのではござらぬか」

別れ道に立って朝倉は、一の身を案じた。

敵兵を逃がしたとあっては、ただでは済まない。

「ご懸念、無用にござる。拙者、もともと本隊に所属しておらず、逃走者を追う役目でござる。逃走者には新選組隊士も潜んでおります。いつの日か、平和で自由な日がきたとき、ミイとチビクロを連れて、美味《うま》い酒を飲もうではござらぬか」

「ご貴殿の恩は忘れぬ。こんな世の中はいつまでもつづかぬ。いまの約束、しかと胸に刻みました。日本一の酒を持参しますゆえ、その日のために生きていきます。ご貴殿のご尊名を受け賜りたい」

「名乗るほどの者ではござらぬが、斎藤一と申す」

二人は熱い握手を交わして別れた。

池田屋事件は全国を震撼《しんかん》させた。

会津、桑名、彦根の藩兵が出遅れて、ようやく池田屋の周辺を固めたが、すでに志士団は潰滅し、騒動は終わっていた。

都に潜伏し、公武合体から尊皇攘夷に時勢を改変しようと地下で活動している尊攘派の指導者・宮部鼎蔵以下、過激派の志士たちは、ほぼ全滅した。

全国を震撼させた〝改変〟を、新選組が独力で阻止したのである。

新選組の引き揚げは凄惨であった。

夏の夜明け、血みどろの隊士の行列は都中、またその近隣から集まって来た四民に囲まれて、誇らしげに粛々と進んだ。

他隊士の肩を借りて歩く者や、うち曲がって鞘《さや》に納められぬ刃こぼれして血に染まった抜身をそのまま手に提げた者や、血を流しながら歩く者や、自力で歩けず戸板に胡座《あぐら》をかいて運ばれている者など、血痕がついていない者は一人もいない隊列であり、みな誇らしげな表情をしていた。

赤穂浪士並みの引き揚げであったが、今日も暑い日が約束されているような朝、血のにおいを振りまきながら群衆の中を練り歩く隊列を見物する四民は、赤穂浪士のように武士道の成果と誉め称える者はなく、怖いもの見たさの観衆であった。

その隊列の末端に、斎藤一が従いていた。

近藤の討ち入り隊、土方率いる本隊の隊士たちと同じ程度の血に染まっていたが、誇らしげな顔はしていなかった。

池田屋で朝倉と再会する前に、近藤たちを支援して、たっぷりと血煙を浴びていたが、無益の殺生を悔やんでいた。

個人的には、なんの怨みもない人間を殺してしまった。江戸でも人を殺したが、地ごろの悪《ワル》（土地のごろつき）に取りつかれて斬った。斬らなければ自分が危なかった。自分を護《まも》るという名分があった。

重臣の命で新選組に所属してから、個人的な理由のない殺人をしている。

（俺は、人生を間違えたのではないか）

と密《ひそ》かに自問自答するようになった。

新選組は殺人によって全盛期を迎えている。

隊士たちの誇らしげな顔は、人を殺したことをなんの反省もなく喜んでいる。無数の観衆に囲まれて、都大路を行進している新選組隊士は、誤った道を歩いている。

だが、いまさら隊を抜けられない。局中法度《きよくちゆうはつと》によって、みだりに除隊は許されない。

一は、新選組という監獄に監禁されたような気がしていた。

ともあれ、壬生の屯所に〝凱旋《がいせん》〟してくると、チビクロがにゃあにゃあ鳴きながら飛びついてきた。

池田屋事件で、新選組は会津藩主容保から莫大な報奨金をもらい、幕府からも隊士慰労金を下賜された。

いまや新選組は、単なる浪士集団ではなく、朝廷の信任を独占した会津藩を後ろ楯《だて》に日の出の勢いである。かつて土方が、「時代の潮流は満員で、我らが割り込む余地はないが、逆流を遡ってこそ、時代の最先端に立てる」と豪語したが、まさに長州、薩摩、肥後、土佐などを押さえて、時代の潮流に乗ったのである。

土方の得意やおもうべしであり、新選組はまさに時代の潮流の最先端に立っている。だが、それは同時に、朝廷内の攘夷派の公家や、西南諸藩の怨みを集めることになった。

池田屋事件は新選組を絶頂期に押し上げたが、同時に、絶頂から奈落へ引きずり落とす蛤御門《はまぐりごもん》の変の引き金となった。

果して長州藩が、京の失地回復を狙って武力上京をし、洛南天王山に陣を張った。長州藩の布陣に対して、佐幕派諸藩は御所九門を警護した。

新選組は当然、佐幕派二十数藩の連合軍の先鋒《せんぽう》に立った。

ここで土方は、局中法度よりも厳しい「軍中法度」の考案を始め、これが新選組幹部隊士たちに反感を植えつけた。

その新法度の中の、隊長が死んだら部下も討ち死にしろ、隊長の死骸以外は収容してはならぬという条文に、幹部隊士たちは、

「これでは、我々は近藤さんや土方の家来ではないか」

「家来になったおぼえはないぞ」

「こんなでたらめな軍律は、聞いたことがない。隊長一人が死んだら、部下は皆討ち死にせよとは、戦さにならぬ」

と、反土方色を明らかにした。

いまや沖田に次ぐ実力者の永倉が、

「新選組は主従ではない。同志である。同志が近藤さんや土方さんの家来になったおぼえはない」

と宣言した。

試衛館以来、熱い同志観によって結ばれていた新選組は、隊士の数が膨れ上がり、全盛期を迎えて二つに割れてしまった。

局長の近藤をさし置いた土方の独裁は、隊士たちの反感を買った。

だが、どんなに反感が膨れ上がってきても、土方の新選組運営能力に優《まさ》る者はいない。

また、反感は持っても、袂《たもと》を分かつ意思はない。

二つに割れかけた新選組を調停したのは、沖田総司である。

池田屋で大活躍をした反応として、彼の体内に潜む病巣が拡大していた。

一見、症状は鎮静しているようであるが、沖田は、すでに死神の迎えが近いことを悟っていた。

沖田にとって新選組は生きる拠点であり、生き甲斐そのものである。生き甲斐を分裂させてはならない。

沖田の目から見ても、確かに土方の独裁は度が過ぎている。

だが、なにがあっても、近藤と土方には、生ある限り従っていくつもりである。

近藤・土方に拾われなければ、今日までの沖田の人生はなかった。

近藤・土方を救うためにも、分裂させてはならない。それが沖田の生きている証拠である。

昨年八月十八日の政変によって、京都から追い出されていた長州藩は、池田屋事件で多数の藩士を殺害・捕縛され、このまま黙視すれば、藩の面目に関わると、兵を都に動かした。

長州藩の布陣に対して、公武合体派連合軍の兵力は圧倒的に優勢であった。

この時点では肥《ひ》（肥後藩）、土《ど》（土佐藩）、久留米《くるめ》など、諸藩は連合軍に参加していたが、池田屋で同志を討たれており、新選組を憎んでいた。

公武合体派の連合軍は兵力こそ大きいが、統一されておらず、長州勢は八・一八、及び池田屋の雪辱を期して、志気は極めて高い。

こうして両軍の対峙《たいじ》は臨界点に達し、七月十九日、戦端が開かれた。

連合軍の足並みは揃わず、主戦力は会津藩となった。他の諸藩は藩旗を並べているだけで、戦意はまったくない。西南諸藩はむしろ長州寄りである。

新選組は、長州藩が陣を張った天王山で戦ったが、池田屋とはまったく勝手がちがった。

池田屋では刀や槍《やり》が物を言ったが、蛤御門の変では正規部隊の衝突となり、銃器が主役となった。新選組は刀を振りまわして走りまわっただけであった。その滑稽な姿に、彼我双方の嘲笑を集めたほどであった。

斎藤一も参戦したが、ばかばかしくて、やる気になれない。

白兵戦に引きつければ新選組のお手のものであるが、距離を置いて撃ち合う鉄砲や大砲の存在は、すでに白兵戦の凋落《ちょうらく》を示していた。

「土方さんは『誠』の隊旗を押し立て、いたずらに走りまわっているが、なんの戦果もない。新選組の出番は終わったな」

永倉がつぶやいた。

沖田の愛刀は、池田屋で歪《ゆが》んだ大和守安定《やまとのかみやすさだ》から美濃介藤原直胤《みののすけふじわらなおたね》、鬼神刀に代わっていた。

大砲や鉄砲の砲弾・弾丸が遠距離から撃ち込まれてくる前で、刀槍で威嚇している滑稽な構図を見て、新選組の使命は最早《もはや》終わったと、一もおもった。

池田屋まで幕府最強の軍団として都で重きを成していた新選組は、戦場を走りまわる滑稽な独楽鼠《こまねずみ》に落ちぶれたのである。

口惜《くや》しがった新選組が放火した鷹司《たかつかさ》邸、及び長州軍が撤退する前に放火した長州藩邸から全洛中に燃え広がった火勢は、強い北風に煽られて、洛中南半分に拡大した。

戦火は北風に煽《あお》られて京都市域に広がり、都の華、祇園会の主役、山鉾《やまぼこ》は巡行不能となった。

無意味な放火を目の前にした斎藤一は、闘争が無益になった腹いせに新選組の隊旗

「誠」に火をつけ、自ら捨てたのである。

蛤御門の戦いは長州の完敗となった。

この機に乗じて、一気に長州を討つべし、と朝廷が命を下し、江戸幕府も西南諸藩に出兵を命じた。

会薩同盟は一時的な便宜であり、薩摩にも長州征伐の目論見など毛頭なかった。

将軍家茂が江戸に帰った後、一橋慶喜《ひとつばしよしのぶ》は次代将軍に推《お》された。これを会（会津藩）・桑（桑名藩）が支えたが、江戸幕府と犬猿の仲になった。

同じ幕府でありながら、憎み合っている。

こんな幕府に長州を討てるはずがない。

近藤と土方は、幕府の優柔不断を利用して、江戸から新選組の人材を補給しようと考えついた。

本来の目的は家茂将軍引き出しのためであったが、江戸は動かず、新選組の体力を補充するために、隊士を募集した。

近藤は江戸行に永倉と斎藤一に同行を求めた。

二人共に久しぶりの出府は嬉《うれ》しかった。

京都はあまりにも血腥すぎる。江戸の空気を吸って、京で浴びた血を洗い流したいとおもった。

だが、近藤が二人に同行を命じたのは護衛のためでもなく、京で浴びた血煙を消すためでもなかった。

江戸における新選組の人気は凄いもので、一旗上げようと胸に期す若者たちは、こぞって入隊を希望した。

入隊試験は厳しく、永倉と一が試験官になり、応募者の天狗《てんぐ》の鼻をへし折った。永倉と一は、そのときになって近藤から同行を求められた理由を知った。

極めて厳しい入隊試験を行うかたわら、近藤はかねてより目をつけていた、都にまで名の売れている伊東《いとう》道場の主伊東甲子太郎《かしたろう》を新選組に勧誘した。

伊東の学識と見識の豊かさに一目《ひとめ》惚《ぼ》れした近藤は、ようやく伊東を口説き落として、十数名の弟子と共に招聘《しょうへい》し、新選組の体力を一挙に強化した。

伊東一派を迎えて不吉な予感を持ったのが、永倉新八と斎藤一である。

近藤は伊東派の参加を手放しで喜んでいるが、永倉と一は、これが新選組の分裂につながりそうな危惧を持った。

確かに伊東は武骨な新選組隊士に比べて気品があり、教養が深く、才気に満ち、弟子たちの尊敬ぶりをみても、圧倒的な指導力を持っている。

だが、永倉と一は、伊東は虫が好かなかった。

確かに才気走り、気品があるが、化粧によって化けているような気がしてならない。「素」としての人間が見えてこないのである。

素の人間は、出会っただけで裸のつき合いができる。

伊東は絶対に内心を見せない。

見事に化粧したスタイリッシュな姿が弟子たちの尊崇を集め、初対面で近藤を虜《とりこ》にしている。

一は伊東に会った瞬間、鴨河原で猫と一緒に出会った朝倉をおもい出した。

朝倉とは目を交わした瞬間、互いの素の姿が見えたのである。どちらも化粧せず、裸身で出会い、互いに自己紹介もせず、速やかに十年を超える友のような気がした。

伊東は朝倉と正反対の位置にいた。

永倉も初対面でそのような印象を持ったのであろう。

だが、近藤は、伊東の化粧に気がつかない。気がつかないどころか、感動している。

近藤は化粧が好きなのである。自分自身、化粧ができないので、化粧の達人の前に出ると、無条件に尊敬してしまう。

その点、土方のほうが一〜二枚上であるが、彼も化粧が嫌いではない。

山南のようにまったく化粧を施さない素の理論派であることは、性に合わない。むしろ化粧上手のスタイリッシュな人間のほうを好む。

永倉、一共に、伊東は虫が好かなかったが、近藤が惚れて選んだ〝人材〟に文句は言えない。

「伊東の化粧の下には血、のにおいがします」

一の言葉に、

「俺も同じにおいを嗅いだよ。あの野郎、なにか企んでいやがるかもしれない」

永倉が驚いたような顔をして、一の言葉に同意した。

「血のにおいであっても、池田屋とはちがいます」

「どうちがうんだい」

永倉が上半身を乗りだした。

「新選組ですよ」

「新選組……？　つまり、新選組を乗っ取ろうという魂胆かな」

「そうです。新選組の活躍は江戸にも聞こえています。伊東道場は江戸でも弟子を集めて、繁昌していますよ。それがわざわざ弟子を引き連れて上洛しようというからには、魂胆があります。いまや政治の中心は江戸から京へ移り、江戸でどんなに有名になっても、京から見れば一地方名士にすぎず、伊東は近藤さんの招請を受けて京へ上り、新選組の名声を利用して、天下に一旗揚げようとしているのでしょう」

「なるほど。狡賢《ずるがしこ》そうな野郎のやりそうなことだ」

永倉がうなずいた。

伊東一派が新選組に参加して、隊の内部が複雑になった。

土方を中心とする主流派、永倉、原田、斎藤らの反主流派、そして総長というトップの名前だけで浮いている山南。

これに伊東派が参加して、名前だけでも総長であった山南の位置は、伊東甲子太郎に奪われた。

山南を支持する者は沖田、藤堂、一の三人だけである。それも藤堂は伊東派に移りつつあり、沖田も、一も、土方の目に触れぬようにして、山南に私淑している。

土方にとって山南は、いまや邪魔者であった。伊東が山南の代わりに軍師となり、なんの戦力にもならない山南は、無用の長物となっていた。

隊に留まっていても、なんの意味もないのであれば除隊すべきである。

だが、局中法度に縛られて、除隊もできない。

山南は脱走することにした。

山南の様子を密かに見ていた一は、

「山南さん、隊を辞めたければ、除隊届を出したらどうですか。除隊ならば、堂々として出て行けます」

と忠告した。だが山南はうなずかなかった。

「土方は除隊届を認めるはずがない。気を遣ってもらって嬉しいが、もはや、新選組にはなんの未練もない。勝手に出て行く。土方は試衛館の仲間でもなければ、新選組の今日を築き上げた隊友でもない」

山南は人生という路線を間違えたのである。

だが、いまからでも遅くはない。言い交わした女明里《あけさと》と江戸へ帰り、新しい人生を探す。そうおもうだけで、山南の心は浮き立った。

捕まれば局中法度違反として、切腹は免れない。

山南は入念に脱走計画を練り、長州藩の反発に備えて、土方以下大方の隊士が見廻りに出ているときを狙って、脱走を決行した。

土方が山南の脱走に気づいたのは、約半日経過した後で、脱走したのであればすでに十里（四十キロ）以上距離は開いているであろう。

幹部隊士が休息所や遊廓《ゆうかく》にとぐろを巻いていれば、二〜三日は帰営しなくとも不審はない。

山南の不在に胸騒ぎをおぼえた土方は、山南の敵娼明里がいる島原の角屋に人を走らせた。

だが、山南は来ていないという。

「脱《ぬ》け（逃げ）られた」

報告を受けた土方は、唇を噛んだ。

もはや、彼との距離は十里以上開いている。七口ある京の出入口に追手を出すほど人手はない。

土方は、山南がなにげなく江戸へ帰りたいと言った言葉をおもいだした。

もしかすると彼は一路、江戸へ向かったのではあるまいか。

一人で江戸へ帰っても面白くない。女と一緒に京を発《た》てば、行き先は江戸と告げるようなものである。

一足先に山南が京を発ち、大津あたりで、明里が合流するのを待っているのかもしれない。

土方は自分の推測を信じた。彼は時を移さず沖田を呼び、山南を連れ戻すように命じた。

「新選組は山南君を必要としている。ぜひ帰って来てほしいと総司から頼み込み、山南君を連れ戻してもらいたい」

土方の言葉に、局中法度の適用ではなく、隊の人材として山南さんを失いたくないのだ、と沖田はおもった。

そのために山南さんに私淑している自分が選ばれたのだ。

沖田は土方の言葉に安心して、山南連れ戻し役を引き受けた。

沖田が急ぎ足で出て行く姿に興味を持った一は、声を掛けた。

「山南さんに会いに行くのか。羨ましいな」

「そんな艶っぽい話ではありませんよ。サンナンさんを連れ戻しに行くのです」

と沖田は悪びれずに答えた。

「サンナンさんを連れ戻し……」

一は愕然《がくぜん》とした。

山南は土方に憎まれている。正当な理論で土方の台頭を制圧する山南を目の上のタンコブのように嫌い、自分より上席の山南を無用の長物として、いびり抜いていた。

堪忍袋の緒が切れて脱走した山南の連れ戻しを、沖田に命じたのはなぜか。

沖田は当然、局中法度の違反として山南を処刑するとはおもっていない。

山南は北辰一刀流の達人である上に、柔術の名手である。へたに追手を出せない。山南と親しい沖田にならば、山南も、おとなしく従いて帰って来るであろう。仮に土方の使者とわかって抵抗しても、沖田ならば山南を凌《しの》ぐ。

沖田の連れ戻しにおとなしく従えば、山南は必ず土方に処刑される。また、山南が帰隊を拒否すれば、沖田としては刀に物を言わせても、土方の命令を遵守しなければならないであろう。

山南も、北辰一刀流免許皆伝であるが、沖田の天才剣には及ばない。新選組隊内で沖田の天才剣に向かい合えるのは、一の鬼才剣だけである。

いまや新選組は、土方が制圧する恐怖政治の舞台となっている。山南をそんな恐怖政治の餌にしてはならない、と、一は自らに誓った。

そのとき、一はチビクロを懐中に入れていた。屯所に戻す余裕はない。一はやむを得ず、そのまま沖田の後を追った。気づかれてはならない。

そして、その日の午後、沖田は大津に着いた。

大津の旅宿は本陣ほか数軒しかない。沖田は本陣を外して旅宿を探しまわり、二軒目の宿で山南を探し当てた。

一は沖田の後から宿に入り、山南に面会した。沖田は後を追って来た一に驚いた顔をしたが、山南は喜んで二人を迎えてくれた。

山南は、新選組きっての剣客二人を追手にした土方の動かぬ意志から逃れられぬと、悟ったようである。

事情を知らぬ沖田は言った。

「近藤先生と土方さんの命によって、お迎えに上がりました」

沖田は、処罰のための迎えとは夢にもおもっていないようである。

もし沖田が土方の魂胆を察知していれば、自分の命に代えても山南を逃がすであろう。

そして帰隊して、土方の命を守らなかったかどで腹を切るであろう。

一が沖田の後を追って来たのは、彼に腹を切らせぬ止め役と察したらしく、

「わざわざ、ご両所のお迎えとは、恐縮でござる。今夜は三人で飲み明かし、明日はのんびりと帰ろう」

と、山南は穏やかな声で言った。

だが、その落ち着いた声音に、一は山南の覚悟を感じ取った。

チビクロがにゃあと鳴いて、一の懐から山南の前に出て来た。

「おう、チビクロちゃんまでが迎えに来てくれたのか。にゃんとも有り難いお迎えだ

な」

と山南は笑った。

一は、おもわず目が潤んだ。

山南は帰隊を拒否すれば、二人の若い剣客を死なせることになると悟って、素直に「お迎え」を承諾したのである。

山南は、このときすでに切腹を覚悟していた。

案の定、帰隊と同時に山南は、前川邸の奥の部屋に入れられた。局中法度の違反者として、処刑場に監禁されたのである。

近藤が、

「沖田の迎えに素直に帰隊したのであるから、総長切腹までは行き過ぎではないか」

と擁護したが、

「総長なればこそ、その脱走を許したとあれば、隊士に示しがつかない。局中法度に例外はないことを隊士に知らしめるべきである」

土方は頑として譲らなかった。

近藤も押し切られて、翌日、山南に切腹が申し渡された。

山南はすでに覚悟の上であり、従容《しょうよう》としてその申し渡しを受けた。

人望のある山南の切腹を、全隊士が悲しんだ。そして土方に対する怨みを募らせた。

せめてもの情けとして、明里が呼ばれ、切腹現場の出窓越しに会うことが許された。

二人は格子越しに手を握り、生死の別れを惜しんだ。

切腹の時刻が迫っても、明里は手を放さなかった。

「さらばだ。幸せはいくらでもある。積み立てた金を総司に預けてある。その金で新しい人生を探せ。さらばだ」

「いや、いや。死なへんで」

明里が大粒の涙をぽろぽろこぼしながら、首を振った。

刻限がきた。

必死にしがみついて放さぬ明里の指先を、山南は一本ずつ捥《も》ぎ取るように放した。

折から落日の光が、薄い墨の積み重なったような室内に射《さ》し込んだ。

「お待たせいたした。いざ」

山南は、処刑室に入って来た介錯《かいしゃく》の隊士に、背を向けたまま言った。

沖田が介錯を申し出たが、山南が断わった。

「総司が拙者の首を断てば、生涯、悩むであろう。そんな想いを総司にさせたくない。

総司以外であれば、どなたでも結構。土方殿、ご貴殿でもよい」

突如、介錯を指名されて、土方は少しうろたえた。

局中法度違反の罪と判決を下したが、要するに、土方は宿敵を局中法度を借りて、取り除こうとしたのである。

だが、まさか介錯を指名されようとは、さすがの土方も予想外であった。

そのとき、斎藤一が介錯を申し出た。土方にとっては渡りに舟であった。

さすがの土方も、私怨から山南の首を打ち落とし、生涯その重荷を背負いたくはなかった。

出窓の外では、明里が泣き崩れている。

トワイライトの残光が室内を赤く染めた。山南の血が処刑室を染めたように見えた。

これ以上、幽明界《さかいこと》を異にする彼方に明里を置き去りにしたくない、とおもった山南は、出窓の障子を閉めた。

明里の泣き崩れる姿が影《シルエット》となって、窓の障子に描かれた。

ほぼ同時に、猫が山南の前にうずくまった。

「チビクロ。チビクロではないか」

山南は、このとき初めて振り返り、総司に代わる介錯人を確認した。

介錯人は声を殺してささやいた。

「このお怨み、私が生涯、代わって背負いまする」

斎藤一の声がささやいた。

「かたじけのうござる。斎藤殿でござれば、拙者、安心して、この首を預けられる」

山南の声が喜悦した。

山南は、総司と共に一を信じており、彼の飼い猫チビクロを愛していた。

一に我が怨みを託せば、言葉どおり、生涯背負ってくれるであろう。

「明里をよろしくお頼み申す」

一言つけ加えて山南は、前の三方《さんぽう》に置かれた短刀を手にした。

江戸期後半の切腹は、「扇子腹」形式が一般的である。切腹人が三方の上に置かれた扇子を取り上げて腹に当てた瞬間、介錯人が首を打ち落とす。だが、山南は真の切腹を望み、三方の上に載せるように頼んだ短刀を取り上げ、腹に突き立て引き切ってから介錯の声をかけた。

「御免仕る。いざ……」

山南の声と共にチビクロが姿を消した。

障子に映った明里のシルエットが消えていた。

山南の切腹後、近藤勇は、

「浅野内匠頭《たくみのかみ》でも、こう見事には相果てまい」と称賛した。

切腹後、

——春風に吹きさそはれて山桜
ちりてぞ人におしまるるかな——

——吹く風にしぼまんよりも山桜
ちりてあとなき花ぞいさまし——

などの弔歌が寄せられた。

窓を染めていた夕日が沈み、刑場にされた前川邸の奥庭に夕闇が薄く降り積もったが、西から天心はまだ明るく、東の空に林立する積雲の頭に赤く反映していた。

屯所内は暗く、無人のように静まり返り、夕闇が濃くなっても灯火は入らなかった。

静寂の底からチビクロの鳴き声が聞こえた。

遺骸は、下京の綾小路大宮西入ルにある光縁寺《こうえんじ》に埋葬された。

享年三十三歳。

山南の死後、四十九日、斎藤一は一人で、山南の冥福を祈るために、光縁寺に墓参した。

山南の新しい墓所は塵《ちり》一つ見えぬまでに清掃され、新鮮な葬花が供えられ、まだ長い線香から煙が垂直に立っている。

一より先に墓参に来た者がいる。山南を慕う隊士が墓参に来たのであろう。

それにしても、塵一つ見えぬほどに清掃している墓参者と、荒くれ揃いの隊士たちのイメージが結びつかない。

一は、持参した葬花を墓前に置くと、先行した墓参者に、ぜひとも会いたくなり、山門の出口へ向かった。

入口から墓前までは、すれ違った人はいない。

一は急ぎ足で歩き、山門の出口近くで若い女性《にょしょう》の後ろ姿を見つけた。

「率爾《そつじ》ながら、山南先生の四十九日墓参にござるか」

一はおもいきって、若い女性の後ろ姿に声をかけた。

振り返った顔におぼえがあった。

「あなたは……」

「斎藤一様では……」

二人は同時に言葉を交わした。

なんと、明里である。目立たぬようにしているが紛れもなく明里であった。

「まさか、ここでお会いしようとは、おもってもおりませんでした」
「私も……もうあの日から四十九日も経《た》っているのですね」
二人は感無量になって、互いの顔に視線を当てたまま黙して立った。
この一瞬、一は、山南が最期に言い残した言葉を想い出した。
（明里を頼む）
幻聴であったが、その声が聞こえたような気がした。
あのとき山南は、死後、明里の人生を頼む、と、一に委託したのではなかったのか。
つまり、明里が山南を失った空洞を、一が埋めてくれ、と頼まれたのではないのか。
一は、四十九日の墓参に明里と出会ったことに、運命を感じた。
この出会いは、山南の一に託した依頼であったのであろう。
一は明里と共に山南の墓石の前に引き返し、改めて、
（明里殿を後世、お引き受け仕る）
と誓った。
山南敬助の切腹によって、隊内の空気は、触れれば割れんばかりに張りつめた。
総長山南すら隊規違反を許されなかった。
隊規違反を犯したというよりは、土方の陥穽《かんせい》に嵌《は》まったのである。

いまや新選組は近藤・土方の恐怖政治の下にあり、主流派、反主流派、伊東派、その他に分裂した。

母藩会津から命じられ入隊した斎藤一であったが、長く居る場所ではない、と判断した。

だが、山南のように脱走して会津藩に帰ることはできない。

佐幕派の最先頭であるが、一は会津藩も信じていない。時代の流れを要領よく泳ぎ、甘い汁を吸おうとしている。

それは会津藩のみならず、全国諸藩すべて同じである。

まず尊皇、佐幕の真っ二つに分かれ、尊皇攘夷、尊攘倒幕、尊皇開国、佐幕開国、尊皇佐幕など入り乱れ、一日ごとに旗幟《きし》が変わる。

乱雑で、不条理で、荒廃した時代に生まれて、どのようにすればこの国は整理されるのか。清流となって正しい方角へ向かう時代が、いつくるのであろうか。

一は、鴨河原で出会い、池田屋で、「ここはあなたの死に場所ではない。新しい時代に必要な命を大切にせよ」と励まして、安全圏に誘導した朝倉を想い出した。

彼に会いたい。

彼はこの乱雑な国を正常化するために働いているにちがいない。

いつの日か美しい爽やかな国の中で再会するときがくるであろう、と一は自らを励ました。

だが、山南が切腹し、四月七日、元治が終わり慶応に改元され、時代はますます混乱してきた。

改元と共に新選組は、上洛以来拠点とした壬生から、西本願寺へ移転した。

西本願寺の許諾を得たわけではなく、国のための天陣と称して、無理やりに押し込んだのである。

壬生の屯所では一応の秩序が保たれていたが、西本願寺内の新屯所では秩序がほとんど失われ、荒くれどもの巣窟となった。

壬生では全隊士から愛されていたチビクロも、いまは縮こまって、寺の隅で震えている。

斎藤一は、密かに脱走を考えていた。

山南の遺嘱《いしょく》を守り、明里やチビクロと共に、江戸、あるいは新天地を求めて新選組から去る。

まだ自分は若い。こんなところを死に場所にしてなるか。かつて池田屋の中で、新しい時代のために生き抜こうと、朝倉と交わし合った約束を破ってはならない。

新天地、全国から置き忘れられたような小さな町、戦さも競争も抑圧も不条理もなく、自由で美しい自然に恵まれた小さな町、住人はみな穏やかで、おもいやりがあり、優しい言葉で話し合っている。

そんな新天地の隠れ里に、明里やチビクロを連れて、静かに暮らしたい。

あるいは、日本よりも遥《はる》かに文化・文明が進んでいるような外《と》つ国へ行ってもよい。

そんな夢を描くだけでも、心身が洗われるような気がした。

ここまで生きてくるために大量の血を浴びた。

後半生は、明里、チビクロと共に、前半生の汚れを洗い落として、穏やかに自由に生きたい。

一が密かに脱新選組の夢を育て始めたとき、隊士の粛清が増悪してきた。

殺すほどのことでもないことをした隊士を、局中法度の違反として容赦なく粛清した。粛清によって空いた席を新入隊者が埋めた。

新選組はいまや、試衛館出身の隊士たちの夢の結晶ではなく、土方の私物と化していた。土方の意に沿わぬ者は容赦なく処断された。

これを『京都守護職始末』は、「新選組、規律厳粛、士気勇悍《ゆうかん》、水、火と雖《いえど》も辞せず」と記録した。

四　美しい執念

隊士の多くが斬られたり切腹させられたりしたが、それは、厳粛な規律によるものではなく、土方《ひじかた》の命じた私刑であった。

すでに文久三年（一八六三）、殿内義雄《とのうちよしお》を皮切りに、新見錦、芹沢鴨の暗殺を経て、十名以上が処刑されている。

慶応元年（一八六五）に入ってからも、月ごとに一～二名ずつ処刑されている。処刑の理由はすべて局中法度違反であるが、それをつくった土方や近藤も清廉潔白ではない。

隊内に怨嗟《えんさ》が積み重なっているが、土方の圧倒的な主導力によって押さえ込まれている。

慶応元年九月一日、かつて斎藤一が救った、現在四番隊組長・柔術師範頭の松原忠司《ちゅうじ》が未亡人と不倫を犯し、女の家から屯所に通勤した科《とが》をもって、局中法度「士道不覚悟」に該当するとして、土方から切腹せざるを得ない立場に追い込まれた。

松原は、かつて未亡人の夫とつまらぬことから喧嘩《けんか》となり、夫を斬った。その罪を悔いて、残された彼の妻女を支えてきた。

妻女は、まさか松原が夫を殺したとはおもっていない。

松原は自分が殺したとは言えなくなって、置き去りにされた彼女の内職では到底生きていけない生計を、せめてもの罪滅ぼしとして支援した。

そして二人共に愛し合うようになり、松原は局中法度への抵触を恐れながらも、愛欲の焔《ほのお》に焙《あぶ》られながら、官能の急坂を一体となって転がり落ちていった。

土方は、松原が不倫を重ねながら、未亡人の家から屯所へ通勤したことを「士道不覚悟」として咎《とが》めたが、土方自身、休息所に女を囲い、そこから屯所へ通っているのである。

土方に睨《にら》まれては、もはや逃げ道はないと覚悟した松原は、

「私だけ置き去りにされるのはいやです」

と訴える未亡人と、彼女の家で心中を果した。

陰ながら松原を支援していたのが、勘定方の河合耆三郎《かわいきさぶろう》である。富裕な米の蔵元の跡取り息子であった。

者三郎も翌慶応二年、土方から「手元には隊資金がいくらあるか」と問われ、たまたま帳簿上不足していた五十両を不正支出と決めつけられ、即刻切腹を命じられた。資金が激しく動いている間は、帳尻が合わなくとも不思議はない。ましてや五十両程度の不足は、者三郎の生家である富裕な商家にとって、さしたる金額ではない。直ちに補充できる帳尻を、土方は勘定方の不正支出と断定して、隊規違反の処罰を変えなかった。

戦力中心主義の土方は、豪商の息子、算盤《そろばん》をもって隊の用を務める者三郎を、目障りとして白眼視していた。

軍事集団では戦力が最優先だとはいえ、会計事務、兵器、修理、燃料、食糧、薬品、衣服、医療、補給など、管理部門が機動（機能）しなくなれば、戦力を発揮できない。だが、戦力中心主義の土方は、管理部門など眼中に置かない。戦力と管理が肩を並べるだけで、土方は不機嫌になった。

一は者三郎と仲が良かった。富裕な米の蔵元の跡取り息子であった者三郎は、大店《おおだな》の相続を棄《す》て、武士に憧れて新選組に入隊したのである。

算盤の名手であり、彼の機動的な勘定がなければ、新選組の活動は停止する。

土方は、私情から局中法度を無理に拡大適用して、死ななくともよい者三郎に切腹を命じ、新選組の管理動脈を自ら切断したのである。

この時点で、一の耐えに耐えてきた堪忍袋の緒が切れた。

私淑していた大先輩山南敬助、共に死線を潜《くぐ》った松原、一が知らぬ文化をおしえてくれた耆三郎、そして元号二代前に暗殺された、心が通っていた芹沢鴨や、お梅などを連続殺害させた土方を、「許すべからず」と決意したのである。

いまや土方は新選組を完全に私物化して、彼の私道を妨げる者、反対意見の者、目障りな者などを、容赦なく〃士道不覚悟〃と称して刈り（狩り）取った。

このまま放擲《ほうてき》しておけば、多数の犠牲者が出る。

斎藤一自身も反土方派として、いつ刈り取られるかわからない。

こんな奴に自分の一度限りの人生を奪われてたまるか、というおもいが、これまでの忍耐を超えて、津波のように押し寄せてきた。

このまま土方の暴走を許しておけば、犠牲者が増えるだけではなく、新選組そのものが迷ってしまう。いや、すでに迷っている。

一が土方の次の的にされれば、山南から委託された明里は路頭に迷い、チビクロは野良猫となってしまう。

だが、土方は、局長近藤勇を超える実権を握り、圧倒的な勢力を持っている。

永倉、原田、井上など、土方に不満を抱いている反主流派の幹部たちも、土方の実権の前では下手に動けない。

土方退治には、まず、恃《たの》むべき人物を見極めなければならない。

最も可能性の大きいのは、江戸から参加した伊東派である。新選組にとって伊東派は、まだ未知数である。

近藤に招聘《しょうへい》されて上洛《じょうらく》したが、新選組と合併したわけではない。伊東派の参加によって新選組の戦力は一挙に向上したものの、隊内の外人部隊といった存在である。

山南亡き後、伊東派はその勢力を拡大、強化している。土方は伊東派の拡張に強い不安を抱いていた。

土方が新選組の実権を握っているとはいうものの、伊東派は言わば治外法権であった。

元治から慶応に改元されて一年以内に五名が粛清され、その後二十名に跳ね上がった。

河合耆三郎と共に、なんと幹部の谷三十郎までが含まれている。

一は、急がなければならない、とおもった。このまま土方に任せておけば、自分も粛清されてしまう。悠長に反主流派を誘っている間に、土方に気づかれてしまえば、万事休すである。

（自分一人で殺《や》る）

一は決断した。

土方は休息所の女の元へ通うとき、一人になる。そのときを狙えば勝算がある。土方も隊きっての遣い手であるが、一騎討ちとなれば、一に自信があった。

だが、最近、尊攘派《そんじょうは》の報復に備えて、土方は単独行動を取らなくなった。

一が機を失っている間に、血腥《ちなまぐさ》い戦力一方の近藤・土方派に比べて、温厚篤実、学殖が深く、礼儀正しく、人の面倒みがよい伊東は、近藤の帰府《きふ》の間に隊内の人望を集めた。

伊東を紹介した藤堂平助以下、永倉、原田、井上等の反主流派は伊東についた。

いまや近藤・土方派、伊東派の二大派閥は、緩衝《クッション》役をしていた山南が粛清され、直接向かい合った。

しかも近藤・土方派の勢力は下降の一途をたどり、伊東派は旭日《きょくじつ》の勢いであった。

山南を排除して近藤・土方体制を確立したつもりが、伊東派に体制を乗っ取られようとしている。

本来は近藤が、軍師として招聘した伊東が、軍師の域を超えて支配者に成り代わろうとしている。

しかも、試衛館の同志である永倉、原田らが近藤・土方に背を向けている。

土方は伊東派の急速な台頭に脅威をおぼえ、近藤に伊東派との分離を提案した。

「このままいけば、庇《ひさし》を貸して母屋を乗っ取られる」

土方の言葉に、自ら伊東を招請した近藤は不安を感じた。

異国の軍事力が圧倒的に強いことが明らかになった馬関戦争や薩英戦争を通して、攘夷は机上の空論にすぎないことが実証されている。

戦いを決定するものはいまや刀槍《とうそう》ではない。火兵（銃火器）に移行していながら、依然として刀槍を主兵器とする幼稚な精神主義に固執している近藤・土方は、隊士たちから莫迦《ばか》にされている。

強大な破壊力を持つ異国の火器に対して、遠方から槍《やり》や刀を振り回している滑稽な図が、近藤・土方対伊東の対立を表していた。

ほぼ同時に、会薩同盟は破棄され、異国の軍事力を知らされた薩長が接近しつつあった。

蛤御門の変以後、幕府と長州との間に二回、会談が行われたが成果はなく、この間に坂本龍馬《さかもとりようま》の仲介によって薩長連合が成立した。

幕府は蚊帳の外に置かれていた。

西南の形勢が不穏な中、慶応二年（一八六六）七月二十日、十四代将軍家茂が没した。幕府は一橋慶喜を将軍名代に立て、長州藩と休戦した。

一方、新選組では伊東派の分離運動が強くなり、一は近藤と土方に呼ばれた。

一は自分の〝謀叛《むほん》〟の企てが察知されたとおもった。

土方が単独になる時と場所を狙って愚図愚図している間に、進むも退くもできない角《コーナー》へ追いつめられていたのだ。

おそらく切腹の宣告が下るであろう。

覚悟を定めて、二人の前に伺候した一は、近藤から意外な言葉を聞いた。

「日頃の隊務、ご苦労である。総司が病いでおもうように動けぬところを斎藤君が埋めているので、隊務も滞りなく進められている。礼を申す」

近藤が深々と頭を下げた。

土方も日頃の険しい表情を緩めて、謝意を表した。

切腹宣告前の詭弁《きべん》と取った一が、ついに最後の時を迎えたと覚悟を定めたとき、おもいもよらぬ言葉が土方から出た。

「近日中に伊東君らとの分離を決定した。今後の協力は惜しまねども、我らと伊東君の方針が異なる事実が確認され、ここに袂《たもと》を分かつことに意見が一致した。

しかしながら、伊東君は策士である。向かう方位は異なれども、協力を約束したが、分離そのものが裏切りである。

従って、斎藤君を見込んで頼む。伊東派に参加して、今後の伊東君の動きを逐一報告してもらいたい。伊東君も君を信用しておる。隊の龍虎として斎藤君を欲しがっておる。総司も伊東君に私淑しておるが、病床にあり動かせぬ。頼るは斎藤君一人だ。伊東君につき従い、今後、近藤さんと私の目として伊東君と進退を共にしてくれぬか」

つまり、新選組の監察方として、分裂した伊東派と行動を共にしてもらいたいという依頼であった。

「屯所は寂しくなるが、チビクロも一緒に連れて行くがよい」

近藤が付け加えた言葉に、人間に対しては冷血無惨な土方が、少し寂しそうな顔をした。

彼も近藤もチビクロがいると目を細めて体を撫《な》でまわした。

人間はいつ裏切るかわからないが、猫は決して裏切らない。

試衛館の仲間を裏切りつづけて、新選組に恐怖政治を布《し》き、天下に隊名を轟《とどろ》かせたが、同時に土方は隊士たちの脅威と憎悪の的となった。

わずかな油断も許されない土方にとって、チビクロは、わずかな癒しであったのであろう。

瞬きするような間であったが、一はそこに土方の人間性を感じた。

一瞬、一は目の前に明るい光が射し込んだように感じた。土方の依頼によって、大手を振って新選組から離れられる。

「これが永の別れにならなければよいが……」

永倉が屯所から出て行く一とチビクロに寂しそうに言った。

「そんなことはあり得ませんよ。近藤さんの命令で少しの間、居場所を変えるだけです。いつでも帰って来ますよ」

一の声は弾《はず》んでいた。永倉には気の毒であるが伊東派と行動を共にするように演じながら、どこへ行こうと自由である。

慶応三年（一八六七）三月、伊東派は新選組から分離した。当分の間、名目は孝明天皇の御陵衛士《ごりようえじ》として新選組を外部から支援するという形式をとった。

とりあえず三月二十日、新選組屯所を出て、三条の城安寺に移転した。ここを仮の宿所として、六月に東山の高台寺に再移転した。

世相はまことに不穏であったが、一は楽しかった。土方から伊東派の監視役を命じられたが、そんな役を忠実に果す意思は毛頭ない。明里はすでに落籍して、いつでも旅立てるようになっている。

十一月、坂本龍馬が暗殺された。斎藤一は近藤勇から帰隊を命じられた。

（こんな時期に帰隊すれば、自分が龍馬暗殺者として疑われるではないか）

と、一はおもった。

一は、龍馬暗殺三日前に、伊東甲子太郎の供をして、四条河原町通蛸薬師《たこやくし》（下ル）、土佐藩出入りの醤油《しょうゆ》商近江屋《おうみや》新助《しんすけ》の家にいた坂本龍馬を訪問した。タイミングよく陸援隊長中岡慎太郎《なかおかしんたろう》も居合わせていた。

その席上で、伊東甲子太郎は、

「昨今、新選組や見廻組《みまわりぐみ》の輩《やから》が、ご貴殿を監視、尾行していると聞いてござる。きゃつら、池田屋に見る通り、人を殺すことをなんともおもわぬ輩であり、充分ご用心なされませ。町屋などに寄寓《きぐう》されることなく、土佐藩邸に移られよ。国家に必要な御身でござる。自重なされませ」

と忠告した。中岡は、

「ご厚意、かたじけのうござる」

と感謝したが、龍馬は、

（元新選組の参謀がなにを言うか）

と内心せせら笑っていたようである。

その間、斎藤一は黙していた。

実は、一は龍馬と旧知の仲であったのである。

江戸にいた頃、一と龍馬は江戸の名門道場千葉道場の門を叩き、北辰一刀流《ほくしんいっとうりゅう》をわずかながら共に学んだことがあった。

二人はその場では言葉を交わさなかったが、久しぶりの再会であった。

それが三日後、十一月十五日、伊東甲子太郎の警告どおり、近江屋新助の家に来合わせていた中岡慎太郎と共に、謎の刺客によって暗殺された。

そしてその下手人として新選組が疑われたのである。

もちろん暗殺三日前、元新選組参謀で御陵衛士の伊東甲子太郎と斎藤一が龍馬を訪問していたからである。

特に伊東の供をしていた一が音にきこえた剣客とあっては、疑われても仕方がない。

どのように釈明しようと疑いは晴れない。刺客と疑われた新選組も、公武合体派に近い坂本龍馬に強い敵意は持っていなかった。

むしろ、尊攘派の旗幟《はたじるし》を明らかにした伊東一派を、新選組自身が疑っている。

どちらに転がっても一の逃げ道はない。

こんな莫迦げた疑いをかけられてたまるかとおもった。この時点で一は脱走を決意した。

同時に一には、ある心当たりがあった。

新選組に龍馬暗殺の罪をなすりつけた刺客は、新選組を憎んでいる者である。

それは、幕府最強の戦闘集団として勢名を轟かした新選組を妬み、憎む、幕府の第二の戦闘集団以外にない。

三河以来の譜代の後裔《こうえい》直参旗本を掻《か》き集めた見廻組である。

見廻組は朝廷と幕府、及び西南大藩の間を動きまわり、甘い汁を吸《うま》っている龍馬を憎んでいる。

龍馬を暗殺して、その罪を新選組になすりつける。いかにも見廻組が考えつきそうな工作であった。

一は、脱走と同時に、見廻組を襲撃することにした。

見廻組の行動を内偵すると、渡辺吉太郎《わたなべきちたろう》、高橋安次郎《たかはしやすじろう》、今井信郎《いまいのぶお》の三名が浮かび上がってきた。

そのほかにも、刺客以外の見張り役がいたかもしれない。

いずれにしても、最初に浮上した三名の疑惑は濃厚である。

まず、今井が口癖として、なんらかの行動の前に「こなくそ」と叫ぶことを確かめた。

龍馬暗殺時、近くに居合わせた者が、「こなくそ」と刺客の一人が叫んだ言葉を耳にしている。これは重大な証拠であった。

仮に、人ちがいであったとしても、見廻組の一人を斬ることによって報復にはなる。

しかも、脱退してからの報復ではあるが、天下の浪人が龍馬の仇を討ったことになる。新選組の濡れ衣を晴らしてやれば、一応の報恩になる。

そのためには、脱走前に、今井以下三名を討たなければならない。つまり、刺客にならなければならない。

新選組、伊東一派、今井信郎らが所属している見廻組、龍馬の所属母体の間を、いずれにも抵触しないように泳がなければならない。

一の人生にとって、最も難しい時期であった。これを乗り越えれば新世界が開ける。

彼の人生の成否が決定されようとする折も折、一は意外な出会いをした。

明里に会っての帰途、一は背後から声をかけられた。

「率爾《そつじ》ながら、斎藤氏ではござらぬか」

薄いおぼえのある声に振り向くと、忘れられぬ顔が笑っていた。

「ご貴殿……朝倉英之進殿ではござらぬか」

同時に相手をおもいだした。両人は駆け寄り、強く手を握り合った。

鴨河原の出会いから、池田屋の脱出までが昨日のことのようにおもいだされた。

朝倉英之進はゆとりのある旅人の服装をしており、穏やかな気品に包まれている。

二人は近くの小料理屋に入り、奇遇を喜び合い、再会を約して別れた後のことを語り合った。

朝倉英之進は、その後、武士を棄て、長崎で蘭医《らんい》の弟子となり、医師となって、医療の及ばぬ飛騨《ひだ》の奥の隠れ里で、病いに効く薬草を集めながら医療を施していたという。

つまり、人を殺す武士から、正反対の、人を生かす医師に変身したのである。

「飛騨の奥の隠れ里……」

一の目に、穏やかで、自由で、置き忘れられたような、幻の町が浮かんだ。いつも夢に見る幻影である。

「チビクロは元気ですか」

「ミイは変わりありませんか」

二人は同時に問い合った。

「野原を飛び回っております。よろしければ隠れ里に住まわれませんか。仕事はいくらでもあり、恰好《かっこう》な家が空いております。

野原には薬草が多い。米も酒も菓子も自給自足で、豊かでござる。しかし残念ながら教場が足りませぬ。ご貴殿のような方がお越しくだされば、町特有の文化が生まれましょう」

と朝倉英之進は再会を祝して懸命に説いた。


希有の再会に互いに言葉は尽きなかったが、一が新天地に移動する前に龍馬を暗殺した刺客に報復する意図を告げると、朝倉英之進は顔色を改め、

「それは絶対やめるべきです。決して同じ報復を企図してはならない。怨みに讐《む》いるに怨みをもってすれば、永久に終らない。未知の世界に入り、新しい人生を生きたければ、前半生の怨みを棄てるべきです。怨みを永久に背負っておれば、新しい世界に移動はできません。辛い心情であっても、怨みを忘れることが、新しい人生を生きる

ことになります。

怨みは人生を束縛します。怨みを忘れてこそ、新たな人生が始まり、美しい夢が生まれます。そのためにこそ武士の魂を棄てるのです。武士の魂は血に汚れている。汚れた魂を棄てることによって、貴公は生まれ変わるのです」

朝倉英之進は諄々《じゅんじゅん》と説いた。

人の血を充分に吸った剣を棄て、豊かな自給自足の美しく穏やかな里で、新しい文化を生む教場に、山南から預かった明里と共に、次代を背負う若者を育てる。そうおもうだけでも心が弾んだ。

にゃあと、懐に連れていたチビクロが、自分を忘れるなというように鳴いた。

「貴殿は拙者に、ここは生きる場所でもなければ死ぬ場所でもないと説得して、命を懸けて私を安全圏に誘導してくださった。今度は私が、ご貴殿が生きるに相応《ふさわ》しい地へ、ご案内仕《つかまつ》る。京や江戸は貴殿が生きるに相応しい地ではござらぬ」

と朝倉は諭すように言った。

「旅立ちのご用意が調うまで拙者も京に滞在いたしますゆえ、どうぞお支度なさりませ」

と朝倉英之進は、この再会を喜んでいるようである。

一はその場で、飛騨の隠れ里に同行すると約束した。

意外な場所で朝倉英之進に再会した一は、新しい人生に出発する絶好の機会がきたとおもった。

これまでに生きてきた人生は、人間の人生ではなかった。ただ殺し合うだけの人生であれば、この世に生まれた意味がない。

折から伊東派は新選組の支援姉妹部隊として分離したが、熱烈な勤皇思想の持ち主である伊東（派）が、佐幕の最強戦闘集団新選組と折り合えるはずがなかった。

伊東は分離後、直ちに近藤・土方を暗殺し、密《ひそ》かに新選組を乗っ取る画策を始めていた。姉妹が血で血を洗う計画を練り始めている。

もはや一は、尊皇も攘夷もまったく興味がない。殺し合いをして、どちらの世の中にしたとしても、それは人非人である。

一は、極めて日常的に旅支度を始めていた。

伊東を尊崇している分、弟子たちは、一も伊東に心酔していると疑っていない。一が生きるに相応しい新しい天地への旅立ちに自信を持っていたためでもある。

そして朝倉英之進の案内で、明里とチビクロと共に都を後にした。

訣別《けつべつ》したのは都だけではない。新選組、伊東分派、及びこれまで非人間的であった前半生にもである。

空は美しく晴れ上がり、綿のような白い雲が、人間の住む地へ案内するように流れていた。

追手の気配はまったくない。チビクロは一の懐中で嬉《うれ》しげに鳴き、時どき懐中から飛び下りて、先導するように走った。

明里は、白い雲が流れて行く地平線に、夢を見るような表情をして足を弾ませている。

案内役の朝倉英之進が、

「人生、二毛作でござる。これまでは凶作つづきであったが、今日からは新しい天地で豊作でござるぞ」

と言った。

都が遠のくにつれて、豊かな自然が広がり、冠雪《かんせつ》した遠い山が近づいて来る。白い山脈の彼方《かなた》に平和な隠れ里があり、一行の新しい人生と猫生がある。これからは人を殺した前半生を償う、人を活かす半生を生きるのである。

「理不尽な時代は、まだ終わっておりませぬ。しかし、我々が赴く天地は、有り難いことに、理不尽な時代に忘れられています。なぜなのかと考えましたよ。そして、ようやくわかりました」

「おしえていただけますか」

「もちろん……どんな時、どんな所にも未来があります。夕映えが燃え尽きても、明日また海の彼方から新しい日輪が昇ります。決して絶望しない。絶望しない未来に明日があり、そして生きるに値する新しい時と場所が開けるのですよ」

朝倉英之進が言った。

「どんなに理不尽な時代にあっても、未来を失わない。未来がある限り、生きるに値する」

「まあ、きれいやわ……」

峠に立って、明里が歓声を上げた。

峠の彼方に未知の世界が開いている。この峠をさまざまな人が越えているであろう。旅人、商人、それぞれの理由があって移動する人、峠を越える人々によって文化が交流する。未知の土地へ嫁ぐ花嫁も峠を越したであろう。人々は峠をどんなおもいで越えたのであろうか。

そして峠の彼方に未知の世界が待っている。夢と希望と不安などが渾然《こんぜん》として、晴れて風もなく青く霞《かす》む未知の世界が、目の前に開いている。

峠の近くに、無住のような古い寺があった。峠を越える旅人たちは、この古寺に立ち寄って、杖を休めたのであろうか。

一は古寺が、

(青く烟《けむ》った美しい未来は逃げません。一休みして行きなされ)

と手招いているように見えた。

山門に雨風に晒《さら》された「天心寺《てんしんじ》」というかすれた寺名が読める。

そのとき、一は、この古寺は自分にとって重大な関所であるような気がした。

朝倉英之進が、一の心中を察したかのように、

「この寺の和尚が点《た》ててくれるお茶は抜群に美味《うま》いです。一休みしていきましょう」

と誘った。まさにタイミングのよい誘いである。

チビクロが先頭を切って、いまにも倒れそうな山門を潜った。

境内の畑仕事をしていたのか、剃髪後そのままにしていたらしい白髪の老人が鍬《くわ》を手にして現われた。長い眉毛の下の目が優しい。

「これは、これは、朝倉先生、ちょうどよい。喉が渇いたところじゃ。茶を点てますに、一服しなされ」

と住持が誘った。

「和尚の一服を狙って立ち寄りました。和尚の茶を素通りしたら、仏罰が当たる」

「もう当たっておるわ。これを茶々を入れるという」

「和尚には敵《かな》わぬ。それでは茶っかりいただきましょうか」

「お客人の茶腹も一時じゃ（茶だけでも飲めば空腹も一時しのげる）」

朝倉英之進が言った通り、和尚が点てた茶は喉に滲《し》みるように美味かった。添えて出された茶菓子は、峠の彼方の郷土菓子らしく素朴で、胃袋に溶けるように空腹を癒した。

四方を山に囲まれた隠れ里は自給自足が行き届き、外界に頼ることなく、自由と平和が独立しているようである。

和尚の茶菓によるもてなしは抜群であったが、一が寺に立ち寄った目的は別にあった。

和尚と朝倉英之進に勧められて一服の癒しを受けた後、一は本来の目的に取りかかった。

「結構なお服加減でございました」

と和尚のもてなしを感謝した後、腰に手挟んでいた大小を外して、和尚の前に差し出した。

「この刀は多数の人の血を吸っております。どのようなお裁きを受けようと、覚悟はしております。せめて、この刀剣が吸った血の主に対して、心から謝罪し、自ら犯した罪を償いたく、仏の慈悲にすがり、二度と人の命を奪うことなきよう仏意に委ねたく、まかり越してございます」

「ほっ、ほっ、ふおっ。よくこの古寺に気がつきましたな。刀は武士の魂とよく言うが、魂を人の血で穢《けが》してはならぬ。拙僧が貴公に代わり仏恩にすがり、二度と人の命を奪うことなきよう、人斬り庖丁《ぼうちょう》、お預かり申そう」

と和尚は答えた。

「かたじけのう存じ奉ります」

一は、和尚の前に平伏した。

「はっはっ。和尚の前では私も同じことを考え、この隠れ里にまかり越したとき、汚れた武士の魂を和尚に差し出してござる」

と朝倉英之進が言った。

一は、英之進がそれとなく天心寺に案内してくれたことを悟った。

斎藤一が消えた後、本隊から分離した伊東甲子太郎は、慶応三年十一月十八日、油小路にて新選組に暗殺された。

同日夜、伊東の遺体を収容するため駆けつけた弟子たちは、待ち伏せしていた新選組と死闘になり、ほぼ壊滅した。

慶応四年（一八六八）正月三日、鳥羽・伏見の戦いが勃発し、圧倒的な兵力を擁していたにもかかわらず幕府軍は、薩長軍の近代的火器に集中砲火を浴びせられ、崩壊した。

これに参軍した新選組は、火器の前に刀槍がなんの役にも立たず、会津軍と共に大坂に退き、多数の隊士を失った。

大坂城に拠ってしばし抵抗したものの、戦勢利あらず、海路江戸へ退却した。

京に上り、天下に名を轟かした新選組は、いまや敗兵として江戸へ追い返されたのである。

帰府した近藤・土方は、依然として戦意衰えず、江戸を戦火の海にしたくない勝海舟《かつかいしゅう》に疎んじられた。甲州街道の幕府拠点である甲府百万石をあたえると欺かれた彼らは新選組を中核とした甲陽鎮撫隊《ちんぶたい》を編成して、郷里の沿道を大歓迎を受けながら、百万石の大名行列をした。

一方、官軍先鋒《せんぽう》は日を夜に継ぐ強行軍で、すでに甲府城へ入っていた。鼻唄まじりの大名行列をつづけていた甲陽鎮撫隊は、笹子峠で大雪に阻まれ、へとへとになった後、勝沼で東山道先鋒隊の西軍と接触して、木っ端微塵《みじん》に粉砕された。勝沼から散りぢりになって逃げ帰った隊士たちは、まずは約束していた本所の大久《おおく》保《ぼ》大和守《やまとのかみ》（近藤勇の変名）の屋敷へ集合した。

往時は隊士四百名を超えた新選組も今や、永倉、原田、島田魁、矢田賢之助《やだけんのすけ》など、十名に足りない。

それでも彼らは手を取り合って、健在であることを喜び合った。

官軍は江戸城総攻撃を三月十五日と期して東海道、東山道、北陸道の三方面から、洪水のように押し寄せて来ている。

「まさか、これだけの人数で終わりにするわけではあるまい」

永倉の目がきらりと光った。咄嗟《とっさ》に返事はない。

そのとき、タイミングを測っていたかのように斎藤一が姿を現わした。近藤・土方以下、居合わせた隊士たちは驚いた。

一は新選組から分離した伊東一派と行動を共にしていたが、伊東が油小路で暗殺され、その遺体を収容に来た藤堂平助、服部武雄《はっとりたけお》等も、待ち伏せしていた新選組に殺害されたのと前後して、消息を絶っていた。

その一が突然、江戸の大久保邸に姿を現わしたのである。先着していた一同は、幽霊でも見るような目を一に集めた。

これが京都での再会であれば、一は粛清されたであろう。

「一体、どこをほっつき歩いていたんだ」

原田が問うた。

「粛清された隊士たちの郷里や実家を訪ね歩き、冥福を祈ってござる……」

「粛清された者の冥福だと……」

驚いた永倉は、言葉をつづけられなかった。

「今後も郷里や実家がわかる限り、冥福の旅をつづけるつもりです」

一は落ち着いた声で答えた。

土方は一言も発しない。彼の無言が新選組の崩壊を暗に告げている。

「死んだ者は生き返らぬ。どうだ、我々と行動を共にせぬか」

原田が誘った。

「拙者は、すでに刀を棄ててござる。なんのお役にも立ちませぬ。隊友たちを訪ねて、諸国行脚をつづける所存にございます」

と一が答えた。言われて、一同は彼が丸腰であることに気づいた。

「新選組の誇るべきお主が、丸腰とは驚いた……」

島田魁が言った。

土方の身辺から殺気が迸《ほとばし》った。

だが、斎藤一は、土方の刀が届かぬ間合にいる。

永倉、原田など数名は、すでに近藤・土方と意見が対立しており、一に対して敵意を持っていない。もはや土方は新選組における粛清権を持っていない。

永倉が一に、

（この場から退け）

と目配せした。

（まさか永のお別れにはなりますまい）

一は同じ目語で返した。

（それはわかるまい。もはや我らに永遠《とわ》の居場所はない。チビクロと共に永生きしろ。少なくとも今後粛清《しゅくせい》はない）

永倉以下数名は、すでに近藤・土方率いる新選組を離脱して、「靖共隊《せいきょうたい》」を結成していた。

「また、再会の機会もあろう。身体《からだ》を愛《いと》え」

原田が意を察して、別れの挨拶をした。

近藤・土方は依然として昔の夢を忘れられず、隊士を募集しながら、新・新選組を再結成しようとしている。

京都は譲ったが、江戸から東北にかけては、新・新選組の充分な土俵が残されている。

事実、近藤の隊士募集に、二百人を超える応募があった。新選組の知名度は依然として高かった。

斎藤一は、すでに武士の魂とされた刀を棄てていた。にもかかわらず、丸腰で近藤・土方（新選組隊士）に会いに行ったのは、土方に強制された人生から逃亡したのではなく、自ら人生を選び取ったのだと告げるためであった。

後半生を逃亡者として追跡されたくない。あくまでも自らが選んだ自由の途《みち》を歩むつもりである。後半生の自由を誰にも邪魔をさせない。

近藤・土方、また両人の新・新選組の行路、及び永倉ら靖共隊の行路と袂を分かち、未来にある未知数（可能性）を追うと共に、過去の菩提《ぼだい》を弔いながら、自分の人生を生きる。

新選組時代と比べて人生が楽しい。

近藤・土方、また永倉・原田らは外部からの強制や、圧力によって、江戸から京都、大坂、そして再び江戸へ帰り、さらに東北へ移動しようとしている。

一応それぞれの本意によって動いているようであるが、実際は所属する集団や組織の力によって動かされている。

本意とは、自分一人の意志によって定めるものである。

斎藤一が、近藤・土方や、永倉・原田らと袂を分かったのは、外からの意志に作用されたくなかったからである。

形式的にではあっても、彼らと訣別して、一は姿を消した。

最後の拠点であった江戸を放棄した近藤・土方は、下総《しもうさ》流山に転陣した。

隊士数二百二十七人に回復して、会津藩と合体し、徹底抗戦の意気は高かった。

だがすでに天下の大勢は西南に定まっている。

主力が外へ出て訓練中、近藤以下数人が居残っていた流山の本陣を、東山道先鋒隊の西軍の一隊が包囲した。

近藤は大久保大和の偽名を使っていたが、東山道先鋒隊の西軍の中に近藤の顔を知っている者がいて、越谷に連行された。さらに近藤に最初接触した有馬藤太《ありまとうた》が同道して、板橋の東山道先鋒隊の西軍本営に連行された。

近藤が板橋の民家に監禁されたとの報告を伝えられた土方は、彼の救出工作のため江戸に潜入したが、警護が厳しく近寄れない。

近藤自身、すでに死は覚悟の上であり、救出や脱走など考えてもいなかった。

かくして四月二十五日、近藤勇は板橋宿外にて処刑された。

斬首された近藤の首級は京へ移され三日、刑場に晒された。天下に名を轟かせた近藤勇の首と聞いて、近隣はもとより遠方からも見物人が集まった。

折から居合わせた彦根藩士の渡辺九郎左衛門《わたなべくろうざえもん》が近藤の顔を知っていて、

「この首は、近藤様の首ではございませぬ。よく似てはおりますが、他人の首です」

と訴えた。見物人が多いので、警護をしていた役人が腰を抜かした。

「たわけたことを申すな。すでに何人も面通しして、近藤に間違いないと確認しての処刑である。ふざけたことを申すと許さんぞ」

と、刑場役人が叱りつけると、渡辺九郎左衛門は、

「絶対に近藤様ではございませぬ。私は試衛館で近藤先生に剣術を指南していただい

た者です。近藤先生は右の耳朶《みみたぶ》に黒子《ほくろ》がありました。その黒子が、晒されている首の耳にありません。黒子を取った痕もございません。黒子だけではなく、小さいときに転んで怪我《けが》をしたとおっしゃっていた額の痕がありません。この首は近藤先生ではありません」

と、言い張った。

刑場役人は近藤の首級を丹念に見直したが、確かに黒子も傷痕もない。九郎左衛門が言葉をつけ加えた。

「当時、近藤先生から剣術をおしえられた弟子は何人もいて、この首は近藤先生の御首ではないと言っております」

刑場役人は狼狽《ろうばい》して、九郎左衛門の言葉を上司に伝えた。上司も愕然《がくぜん》として、

「町人共に口止めをせよ。今後一言でも洩《も》らせば、厳罰に処すと伝えよ」

と厳重な箝口令《かんこうれい》を布いた。

九郎左衛門に指摘されて、下総流山で近藤を見つけ、越谷に連行した薩摩藩士有馬藤太に問い合わせたところ、確かに近藤の額に怪我の痕、右の耳朶に黒子があったと認めた。

板橋の民家で処刑されるまで日数があった。その間、厳重に監視されたとはいうも

のの、近藤に好意的な薩摩藩士たちは、すでに死を覚悟して悠然としている近藤を尊敬して、鄭重《ていちょう》に待遇していた。

この間、本物と偽物がすり替えられなかったという確証はない。

改めて調査したところ、死刑を宣告されていた江戸市中を荒し回っていた盗賊集団の頭領が、近藤に似ていたことがわかった。

近藤として処刑された者の遺体はすでに土葬されていた。胴体を掘り出して調べたところ、池田屋事件でつけられた斬り傷がなかった。

ここに、晒された首の主は、近藤ではないことが確認された。

鳥羽・伏見の戦い以後、幕府側は連戦連敗であったが、新選組の組織はまだ生きている。また、東山道先鋒隊の西軍の中にも近藤贔屓《びいき》は隠れている。

（近藤勇は生きている）

厳重な箝口令が布かれていたが、上手の手から水が洩れるように、近藤健在の噂《うわさ》は拡大された。

近藤が生きているとしても、東西の内戦には参加してはいない。

一体どこに隠れ潜んでいるのか。

修羅の巷《ちまた》、地獄の門前から解放された近藤は、全国から置き忘れられたような隠れ里に潜んで、第二の穏やかな人生をひっそりと楽しんでいるのかもしれない。

血で血を洗う非人間的な前半生から、平和で自由な人間らしい暮らしを楽しんでいるのではないのか。

近藤から競技にすぎない剣術をおしえてもらった町人や、町内の自警団長のような、近藤に安全を保障されていた町人たちは、いまでも試衛館の存在を懐かしがっている。

東山道先鋒隊の西軍の進撃により江戸情緒は吹き飛び、日本全国に内乱が拡がっている。

町人たちは、穏やかで優しい人たちが近藤先生を取り巻き、さまざまな文化をおしえてもらっている場面を想像した。

そして内乱が収まり、秩序が回復して四民平等の時代になったとき、近藤先生はきっと新しい国を建設するため姿を現わすかもしれない。

試衛館のある町内の人々は、そんな会話や想像を楽しんでいたが、梟首《きょうしゅ》された首が近藤のものではないと最初に指摘した九郎左衛門が、ふとおもいだしたように、

「試衛館に道場破りに来た若い衆がいたな。沖田先生や永倉先生と申し合いをして、引き分けに終わり、近藤先生が舌を巻いていた。あのときの道場破りが近藤先生の偽首を凝《じ》っと見ていた。あの若い衆も、晒されていた首が近藤先生の偽首だと気がつい

ていたような気がする。いや、気がついていたにちがいない。偽首と見破って嬉しそうな独り笑いをしていた」

と言った。

慶応四年三月十三日から十四日にかけて、勝（海舟）と西郷《さいごう》（隆盛《たかもり》）は江戸の開城について談合し、両者の意見が一致して、江戸城の無血開城となり、江戸を戦火から救った。

その少し後に、沖田総司は、千駄ヶ谷池尻橋にある植木屋平五郎《へいごろう》の離れで病いを養っていた。

新選組の宝であった天才的な剣客も病いには勝てず、すでに末期的な症状を示していた。

江戸へ帰ってきた隊士たちも、勝沼の敗戦で四散、新選組は壊滅し、沖田の病室を訪問する者はなかった。そのほうが総司にとっては有り難かった。

雑木林と畑に囲まれた閑静な環境の中に、春の先兵である梅の気品高い香りが、総司の病体をやわらかく包んでいた。

もはや死を待つばかりの漏斗《じょうご》の出口のような短い時間であったが、夢とも現《うつつ》とも分かたぬ濃縮された時間の中で思い出される、お雪《ゆき》と共有した京の四季折々の行事《イベント》や、四民の視線を集めた市中見廻り、池田屋斬込みの晴れがましい凱旋、四季折々の色彩や、剣戟《けんげき》の響きを伴う血の色と臭いなど、すべて総司の青春の要素であり、生命が最も充実していた頃の躍動する時間であった。

そして今は、死につながっている夢の中で、生死の境界を彷徨《さまよ》っている。

総司の病室に出入りするのは、近所の飯炊き婆《ばあ》さん一人である。婆さんが、一人では寂しいだろうと、一匹の仔猫を連れて来た。

仔猫は総司によくなつき、一緒に日向ぼっこをしたり、総司の寝床に潜り込んできたりした。

その仔猫は、斎藤一が壬生の屯所に連れてきたチビクロによく似ていた。

犬猿の仲であった土方や芹沢をはじめ、隊士全員から可愛《かわい》がられたチビクロが、この病室まで追いかけて来たような気がした。

その仔猫を、この近隣一帯の覇権を握った獰猛《どうもう》な黒猫が追いかけて来ていじめた。仔猫は耳を食いちぎられ、その他数ヵ所、傷つけられていた。

総司が、自分の唯一の癒しであり、最後の友である仔猫をいじめる黒猫、許すべからずと、彼の魂である愛刀に手を伸ばしかけると、逸速《いち》く間合の外に逃げ出して、莫迦にするような声で鳴いた。

たっぷりと人間の血を吸わせた不敗の愛刀が、野良猫に莫迦にされている。

総司がうつらうつらしているとき、胸が異様に重苦しくなった。目を覚ました総司の、少なくなっている血が逆流した。いつの間にか黒猫が総司の胸の上に乗っており、仔猫が部屋の隅で震えていた。

刀架からようやく愛刀〝菊一文字則宗《のりむね》〟を手に取っても、黒猫は間合のわずかな外に踞《うずくま》り、欠伸《あくび》をしながら前脚を伸ばし、尻を高く持ち上げる「兵隊の構え」をとって、「斬れるものなら斬ってみろ」と挑発した。

（新選組一番隊長として聞こえた沖田総司も落ちぶれたもんだな）

と自嘲したとき、飯炊き婆さんが、

「お客様だぁよ」

と取り次いだ。

訪問客の名前を聞いても、耳の遠い婆さんは、

「会えば分かるでよ」

と答えた。

沖田総司が病いを養っている仮宿を探し歩いていた斎藤一は、ようやく江戸の場末にある植木屋平五郎の離れを探し当てた。

わずかな差《ワンタッチ》で先客があった。病室の庭先で先客が、

「初めて御意を得（お目にかかり）ます。拙者は相馬主計《そうまかずえ》と申す者で、大坂にて入隊いたした新参者でござる。土方歳三殿より、その後の御病気療養の御見舞いを代わるようにとの仰せを受けて、参上仕りました」

と、耳の遠い老女の前で、奥の病室に届く声を張りあげていた。

土方の病気見舞いの代理人と聞いた一は、不吉な胸騒ぎをおぼえた。病気見舞いの代理は珍しくないが、総司に届くような張りあげた声が、芝居がかって聞こえた。

「お手前、大坂にて新選組に入隊したそうな。拙者も大坂にいて、ほぼ同じ時期に入隊した斎藤一と申す者にござる。拙者も古参の隊士より、沖田先輩の代理御見舞いを頼まれて、まかり越しました」

背後から突然、声をかけられた、自称相馬と名乗った隊士は、ぎょっとしたらしい。眼光鋭く、精悍《せいかん》な表情をしている。

「これは、これは奇遇でござる」

相馬は、大坂新入隊士の突然の出現に驚いた。返すべき言葉を失っている間に、一

が尋ねた。

「異なことをお尋ねするが、大坂では隊士を募集しなかったはずであるが……」

「ご貴殿も、大坂にて応募したと言われたではないか」

「勘違いでござった。拙者は京都にて入隊仕った。相馬と名乗る隊士には、本日初めて見参仕る」

一の言葉に、自称相馬は刀の柄に手をかけた。一が見破ったとおり、自称相馬は沖田総司を狙う刺客であった。

沖田の所在を知った敵性の者が、刺客を派遣してきたのである。

重篤の病いに臥《ふ》している総司は、刺客など派遣せずとも、押しつまった寿命である。

だが、むざむざと敵性の者に総司の最期を奪われたくない。

自称相馬が抜刀したのと、一の杖が動いたのがほとんど同時であった。

一の杖は仕込杖ではなく、杖そのものが空間を切って間合に迫り、真っ向から打ち込んで来た自称相馬の初太刀を擦り抜けつつ、自称相馬の肩へしたたかに打ち下ろされた。

束の間、呼吸を止められた自称相馬は、そのまま地上に崩れて、しばし動けない。

「再度、沖田殿の病養生を妨げるようなことがあれば、頭蓋骨を打ち砕く」

と、斎藤一に杖で頭部をこんこんと叩《たた》かれた相馬は、あたふたと逃げた。

「これで二度と沖田殿の前に姿を現わすことはなかろう」

沖田総司が病いを養っているとしても、せいぜい数日が限界である。

その間、一は総司の陰供《かげども》をするつもりである。

人を殺す刀をすでに天心寺に奉納した後であるが、杖一本で充分に総司を護《まも》り通す自信があった。

そして総司が没した後は、全国に散った隊士たちの行方を見定めるつもりである。

そのためにこそ、一は新選組を抜けたのであった。

新選組は時代錯誤の中で生きている。時代錯誤がなければ、新選組には生きる空間《スペース》がなかった。

その空間はますます狭くなっており、時代は変わりつつある。そして変わった時代の中には新選組が生きる時間も空間もないにちがいない。

――局を脱するを許さず――

局中法度に背いて脱走した一であるが、彼は脱走したとはおもっていない。新しい時代に処して自分の生き方を改めたのである。

このまま時代錯誤を追いつづけていれば、新選組隊士は全滅する。最小限の人数であっても、新しい時代へ連行したい。

新しい時代がどんなものか、一にとっても未知数であるが、未知数（可能性）の全くないこれまでの途《みち》（時代錯誤）から、未知の新しい途へ一緒に行きたい。

一が予想したとおり、それから四日後、沖田総司は静かに永眠した。

彼を弔ったのは、病室を提供した植木屋平五郎と飯炊き婆さんと一の三人、及び総司に懐いていた仔猫だけであった。

いや、もう一人増えた。刺客として派遣された相馬が共に葬送した。彼は丸腰であった。沖田の死を確認するのが目的だったのかもしれないが、幽明界《さかい》を異《こと》にしたいまは、わびしい弔いに彼我・敵味方もなかった。

一は、沖田の死を弔いながら自分がこれまで歩いて来た前半生を振り返って見た。池田屋事件以後、一の考え方は変わってきていた。

近藤に呼ばれた伊東は、確かに学殖が深く、人望は高かったが、心の奥に信頼しきれない秘所があるような気がして、藤堂以下弟子たちのようには心酔できなかった。

そのきっかけは、分派と同時にチビクロを連れて行ったが、伊東に馴染《なじ》まないことだった。

粛清の鬼といわれた土方や、芹沢また近藤などにまで懐いていたチビクロが、伊東を敬遠した。

伊東もチビクロを可愛がっているようであったが、動物の本能が彼を敬遠したのであろう。

それが分派後間もなく、一は決定的な場面を覗《のぞ》いてしまった。

たまたま伊東の身辺に弟子が見えず、一も外出していた。

宿所とした高台寺へ帰って来たとき、周囲にだれも居合わせていない伊東の居室をちらりと覗き見た瞬間、伊東がチビクロを蹴飛ばす場面を目にしたのである。

早々に、見ぬふりをして自室へ引き取ったが、あの場面が伊東の正体だと確信した。

伊東は信じられない。粛清の鬼とされた土方のほうが信じられる。冷徹な男であるが、自分自身に嘘《うそ》はない。

（新選組よ、さらば）

一が求める新天地に朝倉英之進が導いてくれたのである。

江戸「試衛館」の剣客仲間から発した新選組は上洛、全盛期を迎えたが、鳥羽・伏見（の戦）以後、時代の流れに抗して、江戸、会津まで転戦した。会津城籠城戦を経て、仙台に入港した榎本《えのもと》艦隊に合流して蝦夷《えぞち》地に渡り、薩長が牛耳る新政府に対して独立宣言をした。

そんな宣言を新政府が許すはずもなく、内戦の中心地は箱館（函館）に集中した。蝦夷政権の総裁は榎本艦隊の司令官・榎本釜次郎《かまじろう》（武揚《たけあき》）、陸軍奉行並は土方歳三であり、幕府側の主戦力である会桑（会津と桑名）の藩主は蝦夷政権の人事から外された。もはや藩主の出る幕ではなくなっていた。

時勢の潮流は滔々《とうとう》と走り、会津藩は孤立して時流に流されていた。

地域的に会津藩に好意的だった仙台、米沢などの大藩を主とした諸藩は奥羽列藩同盟を組み、錦の御旗を手中にして官軍となった薩・長・土を中核とする西南諸藩と戦う意志はなかった。

そして奥羽諸藩がどんなに会津藩に同情しても、天下の潮流は変わっていた。

こうして会津藩を賊軍とし、西南諸藩がスケールの大きな政府軍を編成して北進して来た。

大政府軍の将兵は南方の出であるため、寒気に弱い。冬将軍到来前に東北諸藩の中核会津藩を落とそうとしていた。

「冬将軍到来前に会津を攻め、まっこと力足らず城を落とすばいかんかっても、城下に迫り火をかけ、兵を勢至堂に退けるだけで、敵の士気をこじゃんと挫《くじ》かせるぜよ」

と、政府軍参謀板垣退助《いたがきたいすけ》は主張した。

板垣の提案は入れられ、猪苗代《いなわしろ》湖南岸経由の勢至堂口をとり、十六橋《じゅうろくきょう》の要害（橋）、猪苗代城などを次々に落として若松へ進撃した。

敗走する会津軍を後ろから追い越して政府軍は一気に会津城下へ攻め込んできた。政府軍の後ろから会津の同盟軍が逃げてくるという滑稽《こっけい》な場面が見られた。

会津藩にとっては立藩以来、敵兵を城下に見るのは初めてのことであった。

このとき会津軍の主力は北越、下野、白河方面に分割派遣されており、城下は老人や少年や婦女子ばかりであった。

また、攻め込んできた政府軍も、なにがなんだかわからないうちに会津城下に立っていた。

市中に中立の繃帯所《ほうたいじょ》（野戦病院）がつくられ、敵味方の兵がそこで手当てを受けるという珍妙な場面が見られた。

政府軍といっても西南諸藩の寄せ集め軍である。薩・長・土の三藩以外は、戦意は高くない。

ここに、会津藩の留守部隊に大きな悲劇が生じた。

会津本城・鶴ヶ城は、なにはともあれ、展開されている市街戦の中で、間に合った者だけ城内に収容し、門を閉じた。

逃げ後れた家族、また市街で必死に戦っている雑兵や少年兵（白虎隊《びやっこたい》）を後に残して、城内に逃げ込むを潔しとせず、武家の女性は集団自決をした。

城下に攻め込んできた政府軍は、城の近くの武家屋敷の森閑とした気配に不審をもって屋内に入り、慄然《りつぜん》とした。

家老の妻以下女性たちが幼児たちと共に自害し、折り重なっていた。

若い母親は我が子を、老女は孫を刺殺して、火を放とうとして力尽きていた。

中には、死に切れず室内から廊下によろめき出てきた女性と出会い、亡霊と出会ったようにおもって、先を争って逃げる者もいた。

逃げ後れ、敵兵に穢《けが》されるよりは自ら死を選んだ会津の子女たちの殉節に、政府軍兵士は驚愕《きょうがく》すると同時に、感動させられた。

会津の子女たちの死に感動した政府軍将兵は彼らを手厚く葬ったが、一方では市中の混乱につけ込み子女を犯す無頼の兵士も少なくなかった。

夜間、城から密かに忍び出て、市中で不埒《ふらち》な行為を働く敵兵たちを懲らしめるために、暗躍していた会津兵もいた。

城中には入り損なったが、市中に隠れ潜んでいる会津側の客兵（同盟軍の兵士）たちも、深夜、戦場の遊びとして、不埒な行為を働く敵兵たちを密かに膺懲《ようちょう》していた。武士としてより、男としてすべきではない破廉恥な行為である。

会津の住人を救けるべく、男は夜中、城から城下へ出た。

昼間、激しい市街戦が行われた市中は、日暮れと共に無人のように静まり返り、政府軍の将兵もそれぞれの陣地に引き揚げている。政府軍は、最後まで戦い抜く覚悟の会津将兵たちを恐れていた。

深夜、自害した女性や子供たちが白装束で城下を歩いているという噂《うわさ》が全軍に広まっていた。

恐怖による幻覚であったが、重臣たちの屋敷内では約三百三十名の家族が自殺していると、確認されている。

政府軍の将兵たちはそれが幻覚とはおもわなかった。

何度攻撃を仕掛けても落ちない鶴ヶ城の不動の姿勢を見ると、殉死した家族たちの霊が包み、護っているとしか考えられない。鬼気がまさに迫るように立ちのぼっている。

城内には兵約三千、非戦闘員二千、城外に散開している会津兵は約千五百。

これに対して政府軍は、薩・長・土・肥を中核として十数藩からなる将兵約八千が市中各所に駐屯している。

昼間、我がもの顔で市中を闊歩《かっぽ》していた政府軍の将兵たちは、これまで進駐した敵地で食糧の強奪や強姦を恣《ほしいまま》にしていたが、白装束行列に恐れをなし、各陣所で竦んでいた。

それでも女狩りに出かける無頼な将兵もいた。

夜中、城から出て来た男は、そのとき下町の方角から女性の悲鳴を聞いたような気がした。

空耳かとおもい、悲鳴が聞こえた方角に耳をそばだてていると、間違いなく女性の甲高い悲鳴が確認された。

「たすけて」

と若い女の声が、夜中の静寂を切り裂いた。

悲鳴が迸《ほとばし》った方角に向かって走った。走りながら彼はすでに、手にした佩刀《はいとう》ならぬ杖を振りかぶっていた。

城を出るときからすでに佩刀を棄てているようである。城下融《ゆ》通寺《つうじ》近くの民家の奥から聞こえてくる声は尋常ではない。

この地域には、薩・長・土・肥から外れた諸軍の前哨陣地が築かれている。

「たすけて」

と叫ぶ若い女の声が紛れもなく聞こえた。悲鳴は間口の広い一軒の商店の奥から聞こえてきた。

表戸が蹴破られている。

屋内から悲鳴と共に争う気配が洩《も》れ聞こえてくる。獲物を捉《とら》えた無頼の将兵たちが奪い合っているようである。

気配は二階から聞こえてくる。彼は杖を構えながら、やや広い階段を二階へ上った。

そこでは、ただ一人の武士が十数名の無頼の将兵を相手に戦っていた。

少し離れた部屋に輪姦されかけた女性が倒れている。

一人で勇戦している武士は、女を奪い合ってではなく、女を救おうとして無頼兵たちを相手に戦っているらしい。

かなりの剣客であるが、さすがに一対十数人相手では苦戦しているようである。

すでに一人の武士に斬られて床に倒れ、戦闘力を失っている無頼の兵が数名いた。

ただ一人で十名を超える無頼兵を相手に戦っている剣客に、

「ご助勢つかまつる」

と男は叫んで戦陣に加わると、樫《かし》の杖で多数派の足を薙《な》ぎ、真っ向幹竹《からたけ》割りの要領で頭蓋を叩き、気を失わせた。

「ご助勢、かたじけない」

その一人の剣客は意外な助太刀に勢いを取り戻した。

「峰打ちにされよ。血脂で剣が鈍くなっております」

助太刀の男が忠告した。

「承知つかまつってござる」

勢いを回復した剣客は忠告どおり峰打ちで無頼兵たちを叩きまわった。

峰打ちとはいえ凄まじい剣気に、無頼集団は頭蓋を打たれて失神した。

助太刀の男に小手や臑《すね》をへし折られて動けなくなっている者もいる。

二人は無頼兵の敵ではなかった。

「退《ひ》け。退《ひ》け」

無頼兵の頭領格が最初に逃亡した。つづいて無頼兵の集団は汐《しお》が引くように逃げ去った。

「ご助勢、ありがたく存ずる」

先に無頼兵を相手にしていた剣客が礼を言った。

「他人ではござらぬ。永倉新八殿……」

助勢してくれた男が斎藤一であると初めて悟った剣客は、新選組の幹部永倉新八であった。

「お主がまさか会津に来ていようとはおもわなかった」

「拙者も永倉さんとこのような形でお会いしようとはおもってもみませんでした。私は、ただなんとなく会津が危険であるという意識をもって、微力ではあっても助勢しようとおもい立ち、参りました」

「お主、本当に剣を棄てたのか」

「はい。最早これ以上、血を流すのは止めようと自分に誓ってござる。無頼者の獲物にされかけた女性《にょしょう》を救うために、杖で無頼の小手や臑を折るのであれば、仏も許してくれようと存じてございます。それにしても、こうして永倉さんに出会うとは、まさに奇遇でござる。これも仏の心配りでございましょう」

「仏の心配りとは……上手《うま》いことを申すな」

永倉新八も斎藤一との再会を喜んだ。

二人が再会を喜んでいる間、無頼兵に輪姦されかけていた女性は、圧《お》し開かれた体位のまま、ただ茫然《ぼうぜん》として横たわっていた。

我に返っても、女性はまだ二人に救われたとはおもっていないらしい。むしろ永倉と一の二人が彼女を襲った無頼兵とおもいこみ、恐怖に震えていた。

「もう、大丈夫だ。この街から一刻も早く退け」

と忠告されて、ようやく救われたと知り、羞恥を蘇《よみがえ》らせて、慌てて身繕いをした。

「お主、これから、どこへ行くつもりだ」

永倉が問うた。

「私めは最早、武士ではござらぬ。すでに得度（仏門に入る）し、この国の片隅に隠れているような里で、平和な世界を築こうとしております。会津に来たのは、もしかすると永倉さんに出会えるのではないかとおもったからです。政府軍を相手に、これからも戦うつもりですか」

「いや、会津と心中するつもりはない。新選組の仲間が僅《わず》かながらでもいるかもしれぬとおもい、会津に来ただけである。これから先はどうするか、まだ考えていない」

と永倉は答えた。

「まだ先のことは考えておられぬとのこと。もしその気になれば、私が新たに住み着いた隠れ里にお越しください。多少のお力添えはできると存じます」

「その時が来たら、よろしく頼む。拙者にはまだ血が渦巻く中でしなければならぬことが残っている。お主の配慮はありがたくおもうが、まだ当分、血の雨の中で生きていかねばならぬ」

と永倉は言った。

「人生は一度限り。余計な言葉ではございますが、一度限りの人生を無駄遣いなさらぬように……」

「その言葉、忘れぬ。だが、まだ拙者一人が隠れ里に引きこもることはできぬ。その時が来たら、お主を頼って行くかもしれぬ。お主が来合わせなんだら拙者も危ないところであった。改めて礼を申す。お主も達者でな」

と言って永倉新八は夜の闇の中に姿を消した。

前後して、一も城へ帰らず、闇の奥に姿を埋めた。このとき斎藤一は心中に、

(新選組よ、さらば)

と別辞（別れのことば）を告げた。

それまでの彼は天心寺に愛刀を捧げたものの、半分新選組隊士であった。

永倉新八を救っただけでも新選組との別辞になるであろう。

斎藤一は、朝倉英之進が導いてくれた新天地に根を下ろすつもりであった。

一の会津行は、永倉新八との別れだけではなく、新選組との別離を告げるためであ

った。

新選組が最後の牙城とした会津に、愛刀を持参しなかったのは、天心寺の仏に預けた愛刀に再び血を吸わせてはならぬと、自らに誓ったからである。

永倉は土方の新選組と袂を分かったが、会津が陥落し、仙台が降服すれば、奥羽にはもはや反政府軍のいる場所はなくなる。

となれば、榎本武揚と共に土方も蝦夷の新天地に独立国をつくろうとするであろう。

当然ながら、永倉も蝦夷へ行くかもしれない。

蝦夷の新独立国の建国を政府軍が許すはずはない。日本の最後の内乱となるであろう。

新選組の生き残りの行くべき場所は、隊と訣別しない限り、蝦夷以外にはない。新天地が再三、大量の血を流すであろう。

ようやく戦争のない新たな隠れ里に新しい生活拠点を得た一が、永倉や新選組を追って血烟《ちけむ》り舞い立つ蝦夷へ行ってはならない。

会津までが新選組の戦友たちを救う最後の地であった。

かつて新選組において友情を誓い合った永倉たちと袂を分かったものの、友情を棄てたわけではない。

だが、友情と死に場所は共にする必要はない。特に戦場では友人を救うために別の人命を奪わなければならない。

天心寺で友情と殺人は別のものであるとおしえられた。このおしえを裏切ることは、人間性の喪失であり、決して友情ではない。

（蝦夷は殺し合いの地獄になる。土方さんの後を追わずに、美しい隠れ里に来てくれ。倉さん〈永倉新八〉、そのためにこそ会津まであなたを追って行ったのだ。

だが、そこから先には行ってはならぬと仏から言われた。人生一度限り、なにも地獄へ急ぐことはありません。最後の戦いが終わる前に目覚めて、隠れ里に来てください。待っていますよ）

と、一は心の内で祈った。

政府軍も蝦夷に北上した榎本艦隊もいずれにも正義はない。他の命を奪い、自分自身の命をも失うことは正義ではない。

正義とは、自らの命と他の命を大切にすることである。

（倉さん、自分の命も他人の命も失ってはならない。正義が倉さんを待っている。ただ一度限りの人生を、自分自身はもちろん、すべての命あるものを大切にしましょ

う）

と一は、会津を後にして隠れ里に帰る途上、永倉新八に話しかけるように独りごちた。

すでに戦場は西国から江戸を通過し、会津、米沢、仙台等の奥羽を通過して、蝦夷へ移りつつある。

人の生命も、それだけ多く失われているようである。

戦場の後は竜巻が通過したように、殺戮《さつりく》と破壊の跡が残されているが、すでに復興が始まっている。

隠れ里に帰り天心寺に参詣して、流される血ができるだけ少なく、失われる命が少なく終わるよう祈った。

日本の片隅にある美しい隠れ里。

四季折々のメリハリある風光が、戦場から運ばれる血腥さを躱《かわ》してくれる。

隠れ里に帰り心身を癒し、戦火の犠牲となった人びとや、その家族を支援するために、また出かけて行く。

自分一人だけ隠れ里に隠れつづけているわけにはいかない。

刀はすでに天心寺に奉納したが、戦いの犠牲者たちを放ってはおけない。

こうして、戦場から戦場への旅の疲労を癒してから、また戦場やその跡を追う。家族や遺族たちを安全な場所に移さなければならない。永倉新八にも家族がいるはずである。

このように、隠れ里を拠点として、一は戦の犠牲者である家族や遺族たちの支援を我が使命として歩きまわっていた。

その途上、意外な邂逅《かいこう》があった。

戦場から遠ざかったある町へ入ったとき、声をかけられた。振り返ると、すぐは想い出せなかったが、わずかな記憶のある顔が笑いかけている。

どこかで、それも遠い過去ではない時期に出会った顔であった。

「もしや……斎藤殿ではおわさぬか」

男は武士の声（言葉）で問いかけた。相手の声と共に、一は彼との出会いを想い出した。

かつて会津へ向かう途上、腹部を撃たれて全身血まみれになって倒れている会津の客兵を見た。

一見して絶望とおもったが、

（たすけてくれ）

と訴えかける視線が合って、どうせ助からぬ命とわかっても、そのまま放置できなくなった。

「しっかりなされ」

と、すでに意識朦朧《もうろう》としている相手を背負い、城下の繃帯所まで運んでやった。すでに全身の血を流し尽くしたように意識朦朧となりながらも、

「かたじけのうござる。拙者、直参大島清慎《おおしませいしん》、せめて……ご尊名を……」

と、途切れ途切れの声をかけた。

「名乗るほどの者ではござらぬが、斎藤と申す」

と答えて、一は繃帯所を後にした。あのとき生死の間際を漂流していた直参が目の前に富裕な商人の姿形をして立っていた。

まさかあのとき死にかけていた客兵が裕福な商人体《てい》となって姿を見せようとは、おもってもいなかった。

一度はあきらめて死の門前に放置しかけた客兵が生き返ったように見えた。

「ご貴殿のおかげで一命を救われてござる。我が家はすぐ近くにござる。ご多用とは存ずるが、是非ともお立ち寄り願いたい」

と、地獄の門前で大島清慎と名乗った男は、一の手を捉えて放さない。

その後のつもる話を伝え、命の恩人に心からなる謝意を表したいようであった。

一命を拾った清慎はその後その町に移住し、市内の有力な商人になったと語った。

幕府直参の武士から富裕な商人に生まれ変わった清慎は、多毛作のように、一度限りの人生を二度生きたのである。そのきっかけを一がつくってやった。そして、きっかけそのものも天心寺の和尚、および朝倉英之進がつくってくれたのである。

かつての朝倉や天心寺和尚と同じように美しい再会であった。あのとき清慎を放置していれば、今日の再会はない。清慎を救ったことより、会津への途上で彼と出会ったことを、一は喜んだ。

正義がなければ美しい再会はない。一はしみじみとおもった。

その後、土方は箱館において単騎、無銘剣を振りかざして敵陣に斬り込み、壮烈な最期を遂げたと、風の便《たよ》りに再度聞いた。

土方は、箱館五稜郭《ごりようかく》まで追いつめられた反政府軍（榎本軍）の不敗の象徴であった。

土方の戦死後、榎本軍は崩壊して、五稜郭は開城した。生き残った少数の新選組隊士は全国八方に散った。

土方の戦死、及び五稜郭の失陥によって、日本最後の内戦は終わった。

明治の世となり、全国に散った生き残り隊士たちの人生は、事実上終わっていた。

明治に生き残った元隊士たちには余生にすぎず、その日の暮らしにも事を欠く者も少なくなかった。

捕らえられた隊士たちも入牢《じゆろう》後切腹、あるいは離島に流刑となった。

そのうちの一人、土方の戦死後、新選組の最後の隊長となった相馬主計は、藤田五《ふじたご》郎《ろう》の歎願により、明治五年（一八七二）十月十三日、放免された。時に三十歳であった。

その赦免船を江戸の鉄砲洲沖で出迎えたのが藤田五郎、旧名斎藤一であった。

放免された相馬主計こそ、かつて新選組が斬った、大坂西町奉行所与力内山彦次郎《うちやまひこじろう》の護衛であった。新選組暗殺集団の襲撃にあい、内山が斬られ、駕籠《かご》脇についていた相馬も、衆寡敵せず、負傷して護衛役を果せなかった。

相馬は、その責任を背負い、主の仇《かたき》を討つべく新選組を狙いつづけ、近藤を狙撃し、江戸で病いを養っていた沖田総司を討とうとして斎藤一に阻まれた、奇《く》しき関係であった。

新選組隊長就任後、わずか十日間にも満たなかったが、主の復讐として新選組を乗っ取ったのである。

近藤を狙撃し止《とど》めは刺せなかったが、なおも、内山の暗殺に加わった新選組隊士を狙いつづけた。

だが、井上源三郎は鳥羽・伏見の戦いにおいて戦死。原田左之助は上野で戦死。沖田総司は病死。永倉新八の行方は不明となり、ただ一人残った土方を追って箱館まで行った。執念に生きていた。

だが、新選組はすでにない。おもい返してみれば、恩讐《おんしゅう》の彼方にある新選組に生き、死んだ者にとって新選組は青春であった。

相馬は鉄砲洲沖波止場で一人出迎えてくれた斎藤一と顔を合わせた瞬間、この放免に働いてくれた者がだれであるかを悟った。

空は黒く見えるほど青く晴れ上がり、その空を反映して海はさらに色合いを重ねていた。

相馬は、空と江戸の街の境界が、無数の人生によって、凝然と烟っている人間の海に目を遊ばせながら、自分の人生は終わったとおもった。

相馬のその後の消息は不明である。

新選組結成後（副長）助勤、さらに十番隊組長となった生粋の新選組隊士原田左之助は、池田屋事件、（伏見奉行所与力・横田《よこた》蔵之允《くらのすけ》暗殺には関わっていない）大坂西町奉行所与力内山彦次郎暗殺、三条大橋制札事件、伊東一派の油小路での惨殺に関わった。新選組の隊士たちは、遊妓《ゆうぎ》や芸妓を囲い、あるいは遊廓《ゆうかく》での女遊びに、戦いの疲れを癒していた。

だが、原田一人だけは女遊びをせず、商人の娘まさと正式に結婚して（醒《さめ》ヶ井《い》通七条下ル）鎌屋町に所帯を持ち、翌年生まれた男の子を茂《しげる》と命名して、ささやかな家庭を営んだ。

家族を大切にしながら、新選組が関わった戦いのほとんどすべてに活躍して、新選組を血で彩り、彰義隊に参加して上野に戦い、鉄砲で撃たれ、慶応四年五月十七日、家族を京都の家庭に置き去りにして戦死した。二十九歳であった。

明治二十二年（一八八九）一月二十三日、国民皆兵主義に基づく徴兵令改正（徴兵猶予の制度廃止）。

二月十一日、大日本帝國憲法が発布された。

そして同年七月一日、東京（新橋）―神戸間の鉄道が全通した。

ある日、白髪で、年輪を重ねた気品ある面《おもて》に深い皺《しわ》を刻み、矍鑠《かくしゃく》たる老人が、原田左之助の妻子を訪ねて来た。

お遍路のように白衣《びやくえ》を着し、輪袈裟《わげさ》を首に掛け、頭陀袋《ずだぶくろ》を吊り、金剛杖をつき、念珠をすりながら合掌して経を唱える。

訪問者は「斎藤一」と名乗り、

「生前のご主人・原田左之助氏に依頼されまして、預かった金二百両（現在の約二千万円）をご家族にお届けするために参りました。遅くなりまして申し訳ございませぬ。ここにお預かりした二百両、お渡し申し上げます」

と、二百両を原田の遺族の前に差し出した。

妻子は、新選組も遠い昔語りになった今日、夫あるいは父親である原田左之助が、あの世から二百両を送り届けてこようとは、夢にもおもわなかった。

金を届ける使者となった斎藤一と名乗る巡礼は、原田から預けられた金を差し出すと、大役を果し終えた顔をして、

「生前、原田氏から、『自分に万一のことがあったら、伜の茂に、これからは武士の時代ではない、立派な商人になってほしい。あの世から見守っている。達者に暮らせ。と伝えてほしい』と頼まれました。どうぞ立派な商人にご成長されて、父君の期待に沿うよう、私からもお願い申し上げます。遅まきながら原田さんから頼まれた役は果し終えました。それでは、お達者に。御免仕る」

と、妻子が引き留める間もなく、立ち去って行った。

妻子は、左之助が、お遍路に成り変わって、あの世から来たのではないかと、しばし茫然として、姿を小さくしていくお遍路の後ろ姿を見送っていた。


永倉新八は京都時代の恋人小常《こつね》との間に、お磯《いそ》という娘をもうけていたが、新選組の京都退去と共に消息不明となり、生き別れとなっていた。

ある日訪ねてきた老人が、北海道で老後を静かに養っている元新選組隊士永倉新八が、憔悴《しょうすい》（老衰）して長途の旅に耐えられないため、同じく元新選組隊士の盟友である自分が、娘お磯に渡してもらいたいと、一通の手紙を託されて参りました、と告げた。

お磯はすでに三十歳を超えていて、尾上小亀《おのうえこかめ》と名乗る浪速《なにわ》の人気女優となっていた。

老人から、

「父上からの手紙でござる」

と、手渡された手紙を開封したお磯の目尻に涙の粒があふれて、頬を伝って床に落ちた。

手紙には新八の筆跡で、

「お磯は拙者永倉新八の娘にて御座候。慶応三年十二月十一日」

と、年輪を示す色褪《いろあ》せた文字が書かれていた。

それは、お磯との別離に際して、お磯からせがまれた念書であったが、手許に筆も墨も紙もなく、時も迫られていて、「後日、必ず念書を送る」と約したまま今日に至ったのである。

「遠路はるばる父から託された念書をお運びいただき、お礼の言葉もありまへん。こないなお粗末な家どすが、長路の旅のお疲れをゆっくりと癒しておくんなまし」

お磯とその伯母は、老人の袖を持って引き留めたが、

「お心配り嬉しく、有り難くおもいますが、久しぶりの京ゆえ、知人に顔を見せに参ります」

「お顔見せが終わりましたなら、またお立ち寄りくださりませ」

一は、遥《はる》か北海道から京まで、お磯の消息をたぐり、永倉から委託された代役ながら、お磯との再会を果たしたのである。

お磯は、藤田五郎と名乗った元新選組隊士が、真の父のような気がしてならなかった。

永倉新八の遺託を果たした後、藤田五郎は名前を元の斎藤一に戻して、西本願寺の

夜警をしている島田魁や、壬生の八木邸や前川邸を訪問した。

明治十年（一八七七）二月二十日、初めは山口二郎、次に斎藤一、そして藤田五郎と改名した男は、警視局（後の警視庁）警部補に任じられ、明治二十四年四月二日、判任官八等警部の身分で退職。同時に東京高等師範学校附属東京教育博物館看守となった。

名前を転々と変えた男は、藤田五郎の努力による基金を渡し、順境・逆境を問わず、新選組と共に生きてきた元隊士、及びその家族の生計を助けるために、全国を歩きまわった。元新選組三番隊長斎藤一、改名して藤田五郎は「その後の新選組隊士」およびその家族、遺族の支援を、後半生の債務としたのである。

さらに永倉新八『同志連名記』によると、斎藤一は播州《ばんしゅう》明石藩浪士とされており、口伝では、一の遠祖は播州赤穂藩の浪人で、吉良家討ち入りに参加した前原伊助《まえはらいすけ》とされているが、確かではない。

また、藤田家戸籍によれば、福島県士族藤田五郎とされており、大正四年（一九一五）九月二十八日午前一時、東京市本郷区真砂町三十番地、藤田五郎こと斎藤一は息を引き取ったという。享年七十二歳。

藤田家菩提寺は会津若松市の阿弥陀寺である。

だが、一説では、藤田五郎こと斎藤一の臨終の床に、生涯の盟友であった医師朝倉英之進が看護し、彼が愛した女性明里と飼い猫チビクロの墓が、岐阜県高山市の天心寺にあるという。だが今日、天心寺は廃寺になっている。

朝倉英之進の覚書によると、斎藤一改め藤田五郎の辞世は、

——天心に指を伸ばして染まりたり
士道を棄てて人道を行く——

新選組は、彼の青春であった。昨日のようでありながら、遠い過ぎし日を、共に生きた人々と共に、美しい執念を貫いたのである。

エピローグ

そして明治、大正、昭和と時は流れ、日清・日露戦争、第一次世界大戦、日中戦争、太平洋戦争と、連戦連勝、あるいは連戦連敗の戦争がつづき、日本は昭和二十年（一九四五）八月十四日、ポツダム宣言（敗北声明）を受諾した。そして翌年永久不戦を誓う憲法を世界に宣言して、七十年の平和を維持した。

それが、二〇一五年暴走政権により、永久不戦国家から戦争可能国家に改造された。国民大多数が反対した安保法案の強行採決に、十二万五千の国民が、それぞれ参加できなかった人たちのおもいを一人十人分ずつ背負い、国会議事堂前に集結し、安保法（案）反対を唱えた。

圧倒的多数による採決といっても、最高権威者と誇る総理が決定した法案に、与党議員は、だれも異議を唱えられない。総理に反対すれば与党内では、陣笠議員とされてなにもできなくなる。つまり、独裁者の決定に野党はもちろん与党も制圧されてしまう。

暴走政権が強行採決した安保法案反対のために集まった人々の中に、帰路、靖国神《やすくに》社に立ち寄り、内戦（戊辰戦争）で戦死した遠祖に参拝した人がいた。当然、その遠祖が祭神として合祀《ごうし》（一社に合わせ祀《まつ》る）されているとおもい込んでいた遺族は、内戦における幕府側の戦没者は賊軍とされて合祀されなかったことを、そこで初めて知った。国のために死んでいった遠祖たちは、国家から差別されていたのである。

内戦（戊辰戦争）では賊軍・官軍と分けられていたが、薩長主体の兵士がタッチの差で錦の御旗を手にして官軍となり、幕府側についた兵士は賊軍とされたのである。

内戦（戊辰戦争）に死んだ者は彼我いずれも日本の近代化のために、封建的な幕藩体制から、日本という一国を創り上げたのである。国のために命を捧げた戦没者に、官軍も賊軍もない。

後裔たちの受けた打撃《ショック》は大きかった。そして同時に、国家から受けた差別的打撃を共有した後裔たちは、

（内外いずれにしても、二度と戦さをしてはならぬ）

と、遠祖の命に代えた遺言を聞いたような気がした。その声が彼ら後裔を今日、戦争法案反対の議事堂前の抗議行動に駆り出したようにおもった。

後裔たちは互いの素性を知らぬまま、

「次のデモにも必ず参加しましょうね」

と約束を交わして、それぞれの住居へ帰って行った。

靖国の祭神から外されていても、遠祖は国家自体の祭神である。

「雨降って地固まるか」

後裔の一人が空を見上げた。濃密な雨足が風景をやわらかくしていた。十二万五千のデモを折からの雨がソフトフォーカスにしている。ここは戦場ではない。都会の鋭角的な構造と風景を雨はやわらかく緩和している。

「戦争反対！」

「総理辞《や》めろ！」

とシュプレヒコールの後、雨の香りがひときわ濃くなった。

本書は、月刊「ランティエ」二〇一五年十二月号から二〇一六年三月号に掲載された小説に加筆・訂正いたしました。

時代小説文庫
も 1-61

新《しん》選《せん》組《ぐみ》剣《けん》客《かく》伝《でん》

著者　森《もり》村《むら》誠《せい》一《いち》

2016年5月18日第一刷発行

発行者　角川春樹

発行所　株式会社 角川春樹事務所
〒102-0074 東京都千代田区九段南2-1-30 イタリア文化会館

電話　03(3263)5247[編集]　03(3263)5881[営業]

印刷・製本　中央精版印刷株式会社

フォーマット・デザイン&シンボルマーク　芦澤泰偉

ISBN978-4-7584-4004-2 C0193　

http://www.kadokawaharuki.co.jp/[営業]
fanmail@kadokawaharuki.co.jp[編集]　ご意見・ご感想をお寄せください。